朱成玉

著

优人一等的心

作家出版社

目 录

第一辑 做一朵花的知己

那一刻，我感觉到，适合风筝飞翔的风来了。那些安静的、优雅的心灵回来了。

第二辑　时光不旧，只是落满尘灰

不论什么时候，都要有一颗向上的心！很多时候，你屈居阴暗的谷底，那是你放弃了攀登，凭什么指责阳光不肯普照呢？

第三辑　画在手腕上的表

我们绝非掩耳盗铃，我们真的听到了它在走动，走得不疾不徐，不卑不亢。那是我的脉搏，永远与世界同步。

第四辑　不要那么早吵醒太阳

死水尚且有微澜，何况是有花有草、有风有雨的生活，岂可就这样白白地沉寂、默默地荒废了！

第五辑 一朵云，全身长满翅膀

有时候，人生就像拼图游戏，每一小块图片都不会重复，你必须一块一块不怕麻烦地拼起来，最后才能看到整幅风景。

第六辑　蓝是月亮追求的优雅

这些流经生命，又从生命中渗漏出去的水，可以酿酒，可以醉人，可以醒世，可以洗心。

第一辑
做一朵花的知己

那一刻，我感觉到，适合风
筝飞翔的风来了。那些安静
的、优雅的心灵回来了。

善良的种子

你可以去做一粒善良的种子，把爱孕育，让爱开花。

父亲常说，只要人帮人，世界上就没有穷人。

父亲不舍得花钱，是村里有名的"抠王"，可是对那些需要帮助的人，他从不含糊。哪怕他自己不吃不喝，也要尽量去帮助。记得有一次，他把自己的路费给了一个被小偷洗劫一空的老人，自己步行四十里路回家。不知情的乡邻以为父亲又是为了节约路费，"抠王"的名号在村里愈发叫得响亮了。

父亲没想到，有一天自己也成了小偷光顾的对象。春播时节，父亲和几个乡邻去城里买种子，买完种子后，父亲的兜里还剩下一百多块钱，他没花，连午饭都没舍得吃，就和几个乡邻急匆匆地坐上了回乡下的客车。大概是买票的时候，被人瞄上了他兜里的那张100元的票子，等上车翻口袋，100元的票子不翼而飞了。在那个年代，100块钱不是个小数目，可以买很多东西呢。父亲急得满头大汗，在翻遍所有的口袋，确定钱丢了之后，父亲感到眼前一黑，差点晕过去。车上人很多，父亲看着满车厢的人，感觉每一个都像是偷钱的人。

父亲正在心里痛骂自己粗心大意的时候，听到了车下一个女人声嘶力竭的尖叫：我的种子丢了，你们谁看到我的种子了，那可是我家里一年的种子啊……

那个丢了种子的女人在那里不停地抽泣，她说她把种子放在站点，自己去解了个手，就这一小会儿工夫，种子咋就没影了呢。她说她家死了男人，里里外外全靠她一个人支撑着，她命苦啊。她呼天抢地，车里人都纷纷对这个丢了种子的女人表示同情，纷纷谴责那个偷种子的缺德的人，他断了穷人家的活路。

不管咋的，先上车再说吧。父亲劝她，忘了自己也是个遭遇了小偷的人。

父亲问同来的乡邻要了个空袋子，塞到那个女人手里。他解开自己的袋子，一捧一捧地往那个素昧平生的女人的空袋子里装种子。一边捧一边说，你少种点，我也少种点，日子总能挺过去的。与父亲同来的乡邻，看到父亲的所作所为，也都纷纷打开袋子，往空袋子里捧种子，不一会儿，袋子就鼓了起来，仿佛吃饱饭的人，振作了精神。那女人不知道说什么好，一个劲儿地要给父亲和乡邻磕头。父亲说，谁还没有个难处，都帮一把，就挺过去了。

满车厢的人都目睹着父亲的小小善举，他们不知道父亲刚刚经历的创痛。自始至终，父亲也没有向人说出自己的钱被偷了。

　　下车的时候，很挤。他感觉被人紧紧地贴了一下身子。父亲再一次翻口袋的时候，发现那张百元票子又回到了他的口袋里。就是他自己的那张，他认得，皱皱巴巴的，那上面还有他的体温呢。

　　望着从车上下来的一个个人，父亲看谁都不再像是小偷了。

　　这个世界上，每一颗良心都是一粒善良的种子，或许你没有财富，无法慈善，但你可以去做一粒善良的种子，把爱孕育，让爱开花。这些种子会让世界阳光明媚，花团锦簇。

风筝的心

天空不冷清，风筝不冷清，冷清的只有风筝的心。

又到了放风筝的季节，可是我的城市上空却空空如也。莫非是与这城市积下了太多的仇怨，连云都躲藏起来，不肯给城市的天空一点梦想的色彩吗？

而我依然仰望，寻找那些飞翔的痕迹，寻找那只要一点点风就可以抖擞起精神来的风筝。

再次见到风筝，是在三月最破败的小巷。一些蓝色的白色的紫色的欲要飞翔的念头，被一群孩子嫩小的手拽着，轻轻地，飘在一人多高的风里。

孩子们必须奔跑，因为只有奔跑才能带来风。

老人们说，放风筝可以放掉人心中所有的烦恼和晦气，只剩下美好的愿望。人们相信，这些用心灵里最珍贵的情愫扎出来的梦想之鸢，可以把种种美好的愿望传达给上帝。

小时候，没有卡通没有电脑，却有广阔的草地放风筝。如今，孩子们有了各种各样的玩具，却再也腾不出时间纵情奔跑，纵情释放他们的梦想。所有的时间都被各种补习培训填充，而所有的空间都被钢铁水泥占据。在这个简陋的巷子里，我看见风筝精疲力竭，却仍无法飘过城市的额头；气喘吁吁，却仍无法惊动半点尘俗。

孩子们在巷子里终于跑累的时候，其中一个把风筝举过头顶叹口气说，有风多好，有风它就能飞上天空了。另外几个孩子也如泄了气的皮球，蹲到地上，不停地抱怨——

风都哪儿去了？

风都哪儿去了？孩子的话让我不禁一怔。风，被高高密密的楼群阻隔在外面；风，被机器的轰鸣赶往别处；风，藏在遥远的记忆里；风，躲进有歌谣的童年。小时候，我的风筝可以放得比云朵还高。在那么高的天空上，我的风筝和白云窃窃私语，那是我儿时最美丽的花篮，一直在我的记忆里晃来晃去。

风筝飞不起来，然而它们却是这座城堡里唯一长着翅膀的鸟了。它们醒着，心怀世界上最单纯的愿望：只要一点点风，只要一点点可以飞翔的天空。

天空不冷清，风筝不冷清，冷清的只有风筝的心。风筝，这春天里的邮票，何时能为孩子们邮寄来春天？

不知为什么，看着这些无法飞上天空的风筝，我的心里异常难受。尽管这只是一些廉价的风筝，用最普通的材料制成，大概两三块钱就可以在任何一个商店里买到，但我还是希望它们能飞起来。这种希望点燃了我心中隐匿了许久的渴望飞翔的念头。我对孩子们说："明天早晨在这里等我，我领你们去一个可以让风筝自由自在飞翔的地方。"

那个晚上，我挑选了最结实的竹扦和最漂亮的桃花纸，精心制作了一个美丽的风筝。这是对童年的缅怀。我尽可能地将生命中所有美丽的色彩都绣到风筝的翅膀上，再扯一根长长的思念的线牢牢地拴住它。我知道，我的童年不会走得太远。

风筝上的那些花朵，鲜艳得就像那群孩子的脸。我仿佛听见了风筝在说：给我一点点风，给我一抹与梦有关的颜色。

第二天一大早，我带上亲手制作的风筝领着孩子们去了广场。广场上人头攒动。孩子们小心翼翼地打开风筝，小心翼翼地打开自己，然后奔跑，奔跑……风来了！风筝飞上了高高的天空！

我手中的线轴飞快地旋转，我的风筝追上了云朵，向它打听童年的消息。

很多人站在那里不再走动。很多人仰起了头。很多人高声喊道："快看，多美的风筝！"

那一刻，我感觉到，能让风筝飞翔的风来了。那些安静的、优雅的心灵回来了。

其实，它们从来就不曾丢失，只是有待呼唤。

月亮是妈妈的枕头

我仿佛看见，她正捧着妈妈的照片，委屈地掉眼泪。

拗不过一个老师朋友的再三请求，我这个"知名作家"只好临时客串，给她的学生们上一堂作文课。为了激发孩子的想象力，我做了三张卡片，上面分别写着：落叶、微风和弯月，我想让孩子们用尽可能多的词汇来比喻它们。卡片在孩子们手中传递着，仿佛在传递一个快乐的消息。他们浮想联翩，各种各样的比喻层出不穷，卡片上密密麻麻地写满了孩子们天真的想象。

我拿着那充满童稚的卡片，一张张读下去，"落叶是秋天的信笺""落叶是冬天的请柬""微风是我在夏日午睡时，外婆手中轻轻摇动的扇子""弯月是被嘴馋的天狗咬了一大口的月饼"……每每读到这些精彩的句子时，我都会让小作者站起来，夸赞几句，满足一下他们小小的虚荣心。孩子们活跃极了，对那些写出了精彩句子的同学给予长时间的掌声。这堂作文课既生动又活泼，比我预想中的效果要好。在旁边听课的朋友也偷偷为我竖起拇指，对这堂作文课很满意。读到最后，我的眼睛一亮，被一个更为新颖的比喻吸引了："弯月是妈妈的枕头"。虽然新颖，但我认为这个比喻句不大贴切，为什么单单是妈妈的呢？我这样问的时候，那个叫陈露的小女孩站起来，涨红了脸说："妈妈累的时候可以枕着它好好睡上一觉。""不如改作'弯月是上帝的枕头'，因为上帝在天上，离那个枕头更近些，呵呵。"我和她开着玩笑。她没表示赞同也没表示反对，依旧涨红着脸，好像是要为自己辩解，却欲言又止。我便借题发挥，让同学们来评断这两个句子，哪一个比喻更贴切一些。同学们立时乱作一团，叽叽喳喳地开始讨论，或许是孩子们慑于老师的权威，最后一致认定"上帝的枕头"更为贴切。

"那枕头是妈妈的。"这是我听到陈露声若蚊蝇的唯一的一句辩驳，在孩子们的喧嚣里，显得有些纤弱无力。

下课后，朋友对我说："陈露的那个比喻是有根据的，因为她的妈妈就在天上。从她一出生下来，妈妈就去世了。"我无比惊讶，"那你为什么不早点提醒我？"我埋怨朋友。

"可是陈露不想让同学们知道她是一个没有妈妈的孩子，"朋友说，"上学第一天她就偷偷和我拉钩，让我为她保守秘密。现在，还整天和同学们炫耀自己的妈妈是世界上最漂亮的妈妈呢。"

我懊悔不已。我犯了一个多么大的错误啊！"弯弯的月亮是妈妈的枕头"，回头重新想想，这个比喻句是多么贴切！妈妈在天堂里，不是正好可以枕着那轮弯月吗？"那枕头是妈妈的。"我的耳边一直回荡着她为自己辩驳的话。这里面裹着一颗多么执着的爱着妈妈的心啊。我仿佛看见，她正捧着妈妈的照片，委屈地掉着眼泪。她想给妈妈一个温暖的枕头，却被我无情地夺走了。我给孩子那颗固执又柔软的心，泼了冷水，造成了怎样的伤害啊！

　　"明天让我再给孩子们上一节作文课吧。"这一次，变成了我对朋友的请求，"我要给孩子们好好讲讲月亮，这个枕头本就该是妈妈的，上帝，请先靠边站。"

十捆柴火

母亲的手，会穿过时间、穿过骨头抚摸我们。

母亲在春节前夕来城里看我，带来村里没有食用精化饲料的猪肉和冻豆腐。其实我们在城里什么都不缺，可是做母亲的总会认为我们缺东少西，操劳着，惦念着，盈满爱的心，一日不得清闲。

我和妻子劝母亲留下来过年，母亲说城里住不惯，见不到那些老邻居，她会很憋闷的。

我知道，母亲哪里是住不惯，她是怕给我们添麻烦。

一天晚上，我无意间看到，母亲正拿着一支指甲油，试着往自己又干又瘪的指甲上涂。看到我进来，她的脸唰的一下子红了，急忙放下那支指甲油，喃喃地说："不知道这是啥东西，一辈子没用过呢。"我告诉母亲，那是透明的指甲油，男人都可以用，保养指甲的。

"来，我帮您涂。"母亲不肯，我却执拗地拽着母亲的手，将每个指甲都涂上指甲油。但任凭我涂多少遍，母亲的指甲都是灰突突的，无法亮起来。

"不涂了，不涂了，浪费了可惜。"母亲一个劲儿地劝阻我。

母亲一辈子爱美，爱唱爱跳的，可是为了我们，她的那些好看的衣服只能放到柜子里，来不及去穿。为了我们，一次秧歌都没有扭成，每天都要忙她那没有边际的活儿。"行啊，我就把这些衣服当我的装老衣服穿，留着下辈子穿。"母亲总是这样安慰自己。

我知道，不光是指甲，母亲的身体也流失了太多的营养，那些营养，都流进了我们的血液，使我们茁壮成长，母亲却日益衰老。

我捧过母亲的手，仔仔细细地打量起来。

被流年彻底淘空过的母亲的手，它们苍老干瘪；

被岁月彻底洗劫过的母亲的手，它们沟壑丛生。

母亲的手指从没戴过戒指，一生都没有富贵的标记。

母亲的手指上更多的时候戴的是顶针，把针线从坚硬的鞋底穿过，又穿回去，反反复复，为我们做出一双双温暖的鞋子。此刻，我多么想用风尘仆仆的衣裳，把母亲的顶针——全身上下唯一的饰品——擦亮。

母亲的手，常常为我们破旧的衣服打上漂亮的补丁，缝补我们困苦的童年；常常会为我们嗑一堆瓜子瓤儿，会剥开岁月之橘，滋润我们生长的疼痛。

母亲的手，会穿过时间、穿过骨头抚摸我们。

母亲不识字，也从没握过笔，可她却把爱写满了我们的人生。

在冬天，母亲就是家里的火。在我的记忆深处，灶火先是从母亲的掌心蹿出，舔热母亲清瘦的手指，然后才跳到锅底。灶火，照耀着母亲年轻的面颊，直至衰老。火的声音，摇撼着充满风霜的日子，让我们的家园充满温馨与祥和。

织毛衣的时候，母亲的手仿佛被火焰缠绕，所有的温暖从母亲的手上递过来。夏天，母亲的手拿着蒲扇，为我们驱赶闷热和蚊虫。母亲有风湿病，十根手指在雨天就变成了折磨她的魔鬼，钻心地痛。

母亲的手掌开始皱了，开始有了裂痕，可她擀出的饼依然那么薄，蒸出的馒头依然那么雪白，像我们日渐丰满起来的身体。

母亲的十根手指，就这样渐渐风干为十捆柴火，驱散着我们一生的寒冷。

迟子建在她的散文《女人的手》中写道："女人在临终前比男人喜欢伸出手来，她们总想抓住什么。她们那时已经丧失了呼唤的能力，她们表达自己最后的心愿时便伸出了手，也许因为手是她们一生使用了最多的语言，于是她们把最后的激情留给了手来表达……我现在是这样一个女人，我用手来写作，也用它来洗衣、铺床、切蔬菜瓜果、包饺子、腌制小菜、刷马桶。如果我爱一个人，我会把双手陷在他的头发间，抚弄他的发丝。如果我年事已高很不幸地在临终前像大多数女人一样伸出了手，但愿我苍老的手能哆哆嗦嗦地握住我深爱的人的手。"

这双手让我想起母亲的手来，母亲不就是一直在用她那双勤劳的手托举着我们的幸福吗？我们的平安，我们的喜悦，都与母亲的手息息相关。

昨天晚上突然从睡梦中惊醒，睁着眼睛看着天花板，突然就听到一阵紧张的呼喊。我连忙起身，才发现是母亲。她在睡梦中呼唤着什么，双眉紧皱，嘴唇不停地闭合。

我吃惊又紧张地连忙跑到她的床边，握住她的手，过了一会儿，母亲平静下来。渐渐地，我也就拉着母亲的手指睡着了。想起小时候，每天都是这样拉着母亲的手指睡着的，那样的梦里只有温暖，没有恶狗和严寒。

天亮了，母亲收拾东西要走。我突然变得极其任性起来，我说："妈，不许走，请您一定要在儿子家里过年。明天我领您去扭秧歌，去看二人转……"母亲拗不过我，只好答应下来。我怕母亲变卦，非要和母亲拉钩。

母亲明明含着眼泪，却是笑着向我伸过她苍老弯曲的手指，和我说，拉钩！

我勾住母亲的小指，这十捆柴火中最小的一捆，便足以温暖我的一生。

一粒飞翔的扣子

　　他轻轻地捧起那枚扣子，仿佛捧起了母亲的心。

　　他是单亲家庭中的孩子，父亲在他很小的时候就出意外去世了。母亲为了他，一直没有再嫁人，许多年来，靠着四处打零工，含辛茹苦地将他养大。

　　参加中考那年，他背着母亲，偷偷报了中专。以他的成绩，考上重点高中是没有问题的，然后就可以去圆他梦寐以求的大学梦了。但为了能够早日参加工作，减轻母亲身上的重担，他还是私自做了报考中专的决定。两个月后，通知书下来，他得偿所愿。

　　临开学的前一天，母亲领着他去商场，千挑百选地买了一件在她看来漂亮价钱又不算太贵的衣服。他是不大中意的，可没有发表意见的权利，母亲问都不问他一下，就霸道地买了下来。她坚信她给儿子买的这件衣服是天底下最漂亮的衣服，能让她的宝贝儿子成为天底下最帅的孩子。殊不知，在她儿子的学校里，那件衣服却是最土气的，同学们翻白眼嘲笑他"土包子"，他便动了要换一套行头的念想。可他心里也清楚得很，为了供他上学，母亲已经累得恨不得佝偻成一个句号了。可是少年的虚荣心还是占据了上风，最后，他咬咬牙，写了一封信："妈妈，新学校的环境很好，你别担心。我每天吃得好，睡得好，学习也刻苦。老师们都夸我学习用功呢。"

为了使他的信更具有真实性，他还编造了一个小事件，说他在跑步的时候不小心摔倒了，把上衣的一粒纽扣弄掉了，衣服也破了一个很大的洞，"这件衣服看来是无法修补了，妈妈，请您给儿寄200块钱来，我自己去买一件衣服。其他都好，勿念！"

没几天的工夫，汇款就到了，随着汇款一起到的，还有一封信："吾儿，身体没摔坏吧，有没有让校医好好检查一下？妈不在你身边，你要懂得照顾自己。钱已汇去，你自己去买衣服吧。另外，那件摔破的衣服不要扔掉，你可以把扣子缝上，坏的地方也可以在里面缝补一下，那样你就可以两件衣服换着穿了。好了，不说了，无论何时，都要以学业为主，不要为旁事分心，不要惦记妈，家里一切都好。"

他想，母亲真是个老古董，这么容易上当受骗！

他把信折好，准备放回信封里。可是当他拿起信封的时候，却从里面掉出来一粒扣子。他愣住了，心中有种说不出的滋味。其实，那样的扣子随处可见，可是母亲却千里迢迢给他寄来，因为母亲坚信，只有她的扣子才配得上她儿子的衣服。对她的儿子没有一丝一毫的怀疑。

再往外倒，竟然还有一根穿好了线的针。"慈母手中线，游子身上衣。"在这一刻，他感觉到这句古诗写得多么贴切！

那个信封竟然像有待开发的宝藏一样，层出不穷地变幻出惊讶和感动！

那粒扣子是灰色的，暗淡无光，可是却刺得他眼睛生疼。他轻轻地捧起那枚扣子，仿佛捧起了母亲的心。

扣子在他的掌心，有节奏地跳动着。

他将它缝到了衣服的里层，和他的心紧紧贴着。他时时刻刻能够感受到那粒扣子带给他的温暖。

他终是没有花那200元钱，而是偷偷地攒起来。他要留着它，给母亲买一件天底下最漂亮的衣服，因为只有母亲，才配去穿天底下最美丽的衣裳。

一粒飞翔的扣子，飞越千山万水，只为给他，一个温暖的不容半点缺憾的怀抱。

梦是夜的花朵

我看着她甜甜地微笑着的脸，在那个梦里，慢慢绽放成花朵。

最近孩子睡觉特别早，而且总是说梦话，像是在和一个人聊天的样子。

自从孩子的妈妈去世后，我明显感觉到她变得不愿意说话了。以前那个好动的女孩子一下子变得文文静静，连走路似乎都没了声响。我多么希望她还像以前那样淘气啊，翻弄她到处搜罗来的"破烂"，自己玩"过家家"，把自己的屋子搞得像个猪窝，让你跟在她的屁股后面不停地收拾和埋怨。现在，她的屋子干干净净的，却少了一份孩子该有的活泼。

在妻子离去的日子里，我常常被思念撕咬着心。但我尽力不让女儿看到我的悲伤，我总是趁洗脸的时候，把泪水偷偷地运送出去。但孩子似乎一下子懂事了，她怕惹起我的伤感，很少和我提起她的妈妈，甚至，她书桌上那张她妈妈的照片也被她放到了背面，正面是依然阳光灿烂的她，在花丛中璀璨如一只欲飞的蝴蝶。

我给她租各种动画的碟片，在电脑上下载游戏，想尽办法让她玩。可她好像突然对这些都不感兴趣了，每天回来就埋头写作业，心无旁骛。然后就嚷嚷着要睡觉。

对于女儿的变化，我有些惴惴不安，担心长此以往，孩子会生病。周末，我领她去吃肯德基，她一个劲儿地问我几点了。我对她说，今天是周末，作业可以明天写，今天晚上多玩一会儿。她却坚持原则，用不容商量的口气对我说，八点半必须要到家。到家后，孩子看了看钟表，连澡都没洗就迫不及待地钻进了被窝。我有些疑惑，女儿小小的心里似乎隐藏着什么秘密。

我想孩子的心理一定出了毛病。我领她去看了心理医生。医生说她得了忧郁症，是失去了最亲近的人导致的。医生建议我多陪陪孩子，那样有利于她早日从伤心的泥沼中爬上岸来。

她生日那天，我领她去溜旱冰，难得看到她那样高兴。女儿聪明，学什么都快，我带了她两三圈，她就能自己慢慢滑了。我看着女儿像一只刚刚长满翅膀的雏燕，跃跃欲试，学着飞翔，我的眼底便蓄满了泪。孩子，这才是你应该过的生活，那些生存的苦难，不是你这样一颗幼小的心灵应该承受的啊。

可是她并没有忘记她的睡觉时间，滑了一会儿，她就问我几点了。我故意骗她说刚刚七点。她玩得很开心，笑声璀璨，如圣诞的烟花。

回到家，她看到闹钟已经显示十点多了，马上问我她的闹钟是不是出毛病了。我点着她的小脑袋，笑着说："傻瓜，爸爸骗你的。今天是你的生日，又是周末，就是想让你多玩一会儿。爸爸很久没陪你了……"没想到她还没等我说完，就"哇"的一声大哭了起来，令我手足无措。

"今天是我的生日，妈妈看不到我，会很伤心的……"她伤心地哭着说，"在医院最后一次看妈妈的时候，妈妈在我的耳边说，每天晚上九点她都会到梦里来看我，我们还拉钩了呢。"

原来，这就是孩子的秘密！

我眼前浮现出临终的妻子那张苍白虚弱的脸上尽力露出的微笑，看到她艰难地伸出她的小指，和女儿拉钩，许下的她们相约的诺言。

她们约定：每天晚上九点，在梦中，不见不散。

为了这个约定，女儿始终坚持每天晚上九点之前上床睡觉。

我为女儿铺床的时候，一眼便看到了她的妈妈。原来，女儿把妈妈的照片放到相框的背面，是为了能在睡觉的时候看到她啊。看来，我们一直都未曾失去什么，我们依然可以快乐地活着。梦，真是一件神奇的宝贝！白天丢掉的，夜晚可以在梦里拾捡回来；现实中没有的，梦里也可以补上。

夜里，我蹑手蹑脚地去女儿的小屋，小心翼翼地给她盖好被子。我怕惊动她，她现在一定在和妈妈玩耍，或者赖在妈妈怀里缠着她讲故事呢。我看着她甜甜地微笑着的脸，在那个梦里，慢慢绽放成花朵。

依 靠

父亲烧火，母亲做饭，这就是他们单一的爱情，最简单的幸福。

父亲前列腺增生做了手术，住院期间，我们几个儿女轮番陪护，母亲则每天都去。她身体不好，去一趟很费劲，去了之后，也不和父亲说什么，就那么长时间地坐在父亲的病床上，偶尔困了，还会打起盹来。

妻子看她来来回回挺遭罪，不让她来，她却早早把自己收拾妥当，非去不可。妻子不理解，我说，父母一辈子都没分开过，他们可以一整天一句话都不说，但必须要感受到彼此的呼吸。

这就是依靠。

这是他们一生的习惯了：一个烧火，一个做饭。

我们从小吃的每一顿饭几乎都是父母合作煮好的。

有一次，父亲去别人家里帮工，没有给母亲烧火，结果母亲做出的饭就煳锅了。

还有一次，母亲不在家，父亲一边烧火一边在灶上忙活，忙得满头大汗，结果饭却做得一塌糊涂。

当屋子里没有饭菜的香味，我就知道，父母不在。

当屋子里有了饭菜的香味，我知道，父母回来了。我迷恋上屋子有饭菜的香味，那样会让我踏实下来。

每次做饭，父亲都会在灶膛边蹲下来，一根一根地往灶膛里添柴火，那火光映到父亲的脸上，像镀了一层灿烂的霞光。他们有一句没一句地唠着家常，张家长李家短，闲言碎语串成了他们的一个个简单的日子。

父亲烧火，母亲做饭，这就是他们单一的爱情，最简单的幸福。

这就是依靠。

赵伯又上路了，风雨无阻。跟在他那疯疯癫癫的婆娘后面，丈量着贫苦琐碎的光影流年。他不知道他这辈子会跟着她走多久，他只知道，他必须跟在她身后，做她的一把伞，一根拐杖，或者是一树荫凉。

自从儿子在矿难中丧生，阿婆就疯癫了，到处游走，走到哪里，都要问，看到俺儿子了吗?

阿婆见到什么都想买，赵伯只好当面给她买下来，回头又和卖主赔着笑脸，把东西退回去。很多时候是退不掉的，所以，总能在大街上看到这样的景象：阿婆在前边兴奋异常，引吭高歌，而赵伯跟在后面，拎着大袋小袋，汗流浃背。

阿婆在夏天也会围着头巾，穿着厚厚的呢子大衣。令人奇怪的是，不见阿婆流汗。倒是跟在后面的赵伯，穿着个背心还大汗淋漓的，仿佛天上的太阳故意为难他，往他的身上多拨了几朵光焰似的。

每次见到他们，我都很远就打招呼。阿婆照例还是那句：看到俺儿子了吗？赵伯则憨憨地对我笑笑，不说什么，亦看不出悲苦。

终于，有一次我忍不住劝赵伯，不如送阿婆去精神病院吧，你也好歇歇。赵伯摇摇头说，不妥，现在这样很好啊，我一点不觉得累。在家里窝着也是一天，在外散步也是一天，还能呼吸到野外的新鲜空气，看看没有被污染的云彩，欣赏欣赏山里的风景……一辈子没陪阿婆郊游过的赵伯，把这些当成了对阿婆的弥补。

我看到赵伯握着一束山花，那灿烂的花，握在他苍老的手心里，显得有些不伦不类，却又那么自然。

后来的一个早晨，我看到赵伯心急火燎地赶路，手上拎着一袋新买的棉花。我问怎么没见到阿婆。他说阿婆快不行了，看来这次真的要走了。他还说阿婆一辈子都怕冷，要给她做件厚厚的棉衣。

"让她能够暖乎乎地上路。"赵伯说这些的时候，脸上依旧没有悲苦的颜色，只有淡定、从容，仿佛前来领走阿婆的不是死神，而是幸福。

赵伯就这样陪着阿婆，慢慢把苦难的人生走尽。

这就是依靠。

邻居一对老两口几乎同时去世，前后相差不过五分钟。

那是发生在我身边的关于两个残疾人的真实故事：

他是一个孤儿，或许是因为天生残疾，父母将他遗弃，或许是别的原因，反正他不知道父母在哪里，也不知道自己姓什么叫什么。有人问起，他就干脆叫自己"吴名"。自从懂事起，他就与垃圾为伍了。每日里在一个个垃圾箱里翻来倒去，捡拾些可以卖钱的东西，艰难度日。十五岁的时候，他在一个垃圾箱旁，看到一个十来岁的女娃，在那里翻垃圾吃。他有些心疼，就带她回了他自己的小窝棚里。从此，他当她是自己的亲妹妹，照顾她。

女娃有轻微的弱智，而他瘸腿，这两个被苦难腌制的生命，从此谁也没离开谁。

如果捡到了一点好东西，比如别人吃剩的半截火腿肠或者破碎的茶蛋什么的，他都舍不得吃，给她留着。她也是，捡到了好东西也给他留着。有一次，她在另一个垃圾箱里捡到了半瓶酒，她兴奋地跑过来，递给他。那是他生平第一次闻到酒的味道，很难闻，他不明白那些男人为什么喜欢喝。他尝试着将它们喝下去，结果醉得不行，她费了好大的劲儿才把他拖回家去。

女娃一点点长大了，到了谈婚论嫁的年龄，没想到，她哪儿也不去，就认准他了。她说要嫁也是嫁给他。就这样，他们结婚了。

靠捡垃圾，他们竟然一点点盖起了自己的房子，虽然很简陋，但毕竟能遮风挡雨了。后来又有了孩子，健健康康的，他们依旧靠捡垃圾把孩子供上了大学。苦了一辈子，到了该享福的时候，两个人却一起离开了人世。

他们一辈子形影不离，哪怕是死，仿佛都约定好了的一样。

这就是依靠。

丁香花儿，别睡觉

其实，每个人身上都有着各自的花香，只是有的没有被唤醒。

丁香花儿，别睡觉，睡着了，你就没有香味了。

这是我听到的那个孩子嘴里不停念叨的话，和童谣一样好听。

其实从上车起，我就注意到了那个捧着丁香花的小姑娘。她四五岁的样子，扎着两条顽皮的小辫子，十分可爱，像小天使一样被所有人簇拥着。她很活泼，满车厢的人都愿意和她聊天，年轻妈妈的脸上满是幸福的微笑。

她说话带着天真的童趣，让我们忍俊不禁。比如有人问她家里谁说了算啊？她不假思索地说："爸爸啊，他是俺家的头儿。"年轻妈妈就故意拉长声音问她："真的？"她马上改口说："是妈妈，是妈妈。""你不是说爸爸是家里的头儿吗？""可是妈妈是家里的脖子，脖子让头朝哪儿转头就朝哪儿转……"

有人看到她嘴里的豁牙，就问她牙怎么掉了。她说："为了长出新牙啊，所以就得拔掉它。""那你的牙还疼不疼？"小女孩的回答让我们把肚皮都笑疼了，"啊呀，牙齿留在医院里了，我不知道它疼不疼啊！"

有人问她要去哪里，她说去看奶奶。她说奶奶生病了，屋子里到处都是药味，她要把丁香花放到奶奶的窗台上，让奶奶闻闻花香，奶奶的病就会好起来。这一次我们没有笑，但却感觉她更加可爱了。

一个多懂事的孩子啊。因为这个小家伙，整个车厢都热闹了起来。她像一只彩色的蝴蝶，不停地扇动快乐的翅膀，把一个缤纷的春天带到车厢里来。

因为是长途，道路又特别颠簸，小家伙好像有点累了，她躺在妈妈的怀里说，我困了，我要睡觉。年轻的妈妈怕她睡着了会感冒，就对她说，你睡觉了，你的丁香花也会睡，丁香花睡着了，就没有香味了。

"是吗？"孩子天真地说，"那我不睡了，丁香花，你也别睡觉。睡着了，你就没有香味了。"

年轻的妈妈对她说："你不让丁香花睡觉，就用手给她扇风，看看香味是不是会更浓。"她照着妈妈的方法试验了一下，果然，那香味浓得似乎流动起来了。我很佩服那个年轻而优雅的母亲，她懂得用那些优美的语言把孩子内心的花香唤醒。

其实，每个人身上都有自己的花香，只是有的没有被唤醒。

我想到我的女儿，执意要把买来的冰淇淋送给那个小乞儿；我想到一个商店老板的孩子，买东西时因为忘记找零，三四分钟后气喘吁吁地追上来将5角钱放在我的手心；我想到宾馆的一个老服务员，把手背在身后微笑着说："看看你把什么东西丢了？"那是我不小心落在服务台的数码相机……那些人身上，也都散发着花香，它们不同于各种装在玻璃瓶里的味道。

充满爱意的心灵是一个人灵魂里散播的花香，而我们所要坚守的就是——别让花香沉睡。

做一朵花的知己

做一朵花的知己，就是住进心灵的春天里。

我有一个邻居，养了很多盆花。每天早上，他都会一边浇花一边哼着韵味十足的京剧，乐此不疲。有一天我问他："你总是这么美滋滋的，天天有喜事吗？"他笑着说："你看看，这花儿又美又欢喜，让我每天都生活在春天里，能不乐吗？"

心底微微感动了一下。

记得在俄罗斯留学，有一次过情人节，我从一个老妇人那里买了一束玫瑰送给我的情人叶。但因为我们之间的裂痕无法弥补，叶当着我的面扔掉了那束花。没想到老妇人竟然从后面追上来，把钱退给了我，并从地上捡起那束被丢弃的花。

她捧着玫瑰花瓣，轻轻吹掉花上每一粒灰尘，无比怜惜地说："我给每一束花都许过愿的，都有真心的祝福啊！你们怎么就扔了呢？你们不配做那束花的主人。"

我和叶面面相觑。我们不仅伤害了一束花，而且伤害了一个护花使者。

还有一幕场景，我曾在不同场合一再提及，以至于朋友们都认定其中的少年就是我本人。

那天阳光灿烂，人潮涌动，车流不息，大街的中央，躺着一捧鲜红的玫瑰。一个少年焦急地要去将它拾起来，但是车来车往，他无法前行。终于等到机会，他抢步过去，玫瑰已被轧碎。少年一点一点捡着满地的花骸，轻轻捧起那些受伤的花瓣，久久地握在手心，竟然当街而哭。

直到现在，我仍然时常为这个场景怦然心跳。

由此，我完全理解了黛玉葬花时的凄切，也理解了"护花使者"这个词的美好。

英国文学家王尔德有一天走进一家花店，要求取出橱窗里的一部分花。店里的人照他的要求取出一部分，最后问他要买多少？王尔德说："我不想买花，只是我看它们太拥挤了，怕它们被挤坏，想让它们轻松一下。"

一日黄昏，我看见邻家二嫂扛着锄头，手里拎着一袋菜籽，向园子里的那几棵月季花逼近。我想月季花定是要大难临头了。情急之下，我大声喊道：铲掉月季花要破财的，你知道吗？养花会带来好运。看着我认真严肃的样子，二嫂竟信以为真了，那几棵月季花就此逃过一劫。

当我站在窗口望着那些花时，总能感觉到它们对我含笑点头。

懂得花的悲欢，体恤花的疼痛，这是花的知己，也让自己的心灵，摇曳如花。这样的人，不会错过钻入衣袖的一只蝴蝶，也不会浪费人生每一幅美景。做一朵花的知己，就是住进心灵的春天里。

5 号病房里的天使

　　其实她不知道，她的微笑就是送给患者们的最好的礼物。

　　罗琳是澳大利亚唐人街上一家医院的年轻护士，性格开朗活泼，她热爱自己的职业，喜欢别人叫她"白衣天使"。她的脸上时时刻刻都洋溢着温暖的笑，因此，她去过的每一个病房，便都有了春天的气息。

　　"嗨，你今天还好吗？"她会装作若无其事地和重症患者打招呼，病人就笑了，虚弱的脸上慢慢浮现出阳光的颜色。她会从家里捧来一大摞好看的彩色故事书，给那些生病的孩子们看；童话看多了，孩子们就时不时地管她叫"天使阿姨"，每一次她都欢快地应着。有时，她干脆坐下来，忙里偷闲地和那些生病的女人们唠唠家常，恨不得连做饭的技巧也都交流下。她心软，感受到患者的疼痛和哀伤，就会在心底偷偷地流泪，所以她尽量用自己无微不至的关爱，减轻他们的疼痛。

罗琳清清楚楚地记得自己第一天上班的样子，紧张得要命。给患者打针的时候，总是找不到血管，急得眼泪在眼眶里直打转。有些善良的患者就会安慰她，"别着急，慢慢来。"她的心立刻被感动塞得满满，也不紧张了。那以后，她就发誓，一定要好好回报这些可爱的患者们。

圣诞节到了，罗琳从家里走出来，心情愉悦地去上班。大街小巷弥散着浓浓的温情，尤其是各个商店的门口，服务人员穿着圣诞老人的服装，拎着袋子，为路人派发着各种小礼物。而此刻，罗琳的手里同样也拎着一个袋子，那里面是她早已为她的患者们准备好的一些小礼物，都是些各具特色的充满喜气的小工艺品，还有形形色色的糖果！

她把这些小礼物一一送给了她的患者们，患者们回报给她深情的拥抱和亲吻。其实她不知道，她的微笑就是送给患者们的最好的礼物。

她有一个特殊的礼物，要送给一个特殊的病人。想到这里，罗琳的心便沉重起来。5号病房里，有一处阳光照不到的角落。那里住着一个小男孩，是个孤儿，在路上晕倒了，被好心人送到了医院，被查出得了白血病。

入院7天后，医院决定要放弃治疗。现在，医生们正准备去拔除男孩身上输液的插管。

"明天，明天再拔行吗？"在院长办公室里，罗琳带着哭腔央求道，"今天是圣诞节，让孩子快快乐乐地过完吧。"

"医院不是慈善机构。"这是柔软的罗琳碰到的冷冰冰的墙，她的脸上不禁淌下了泪水。

她不敢面对那个孤苦无依的孩子，一直挨到傍晚的时候，她心情沉重地来到 5 号病房，来到那个瘦小的患者身边。

"阿姨，他们拔掉了我身上的管子，是我的病要好了吗？"男孩气若游丝，轻轻地问她。

"是的，圣诞快乐！"罗琳带来了她的礼物，一只可爱的小布熊。

"小熊真可爱！谢谢阿姨。"男孩高兴地说，转而又无限忧伤起来，"可是，圣诞老人恐怕没有给我带来什么好消息吧？"

"不，"罗琳说道，"今天他太忙啦，还没来得及看你。你知道，圣诞老人以助人为乐，到处做好事，满足很多人的心愿。可是他自己忙不过来，他需要找一些帮手，所以他的身边总是围着很多长着翅膀的小天使。每年的圣诞节，他都要到人间来选一些又可爱又能干的孩子做他的天使，帮他到人间做好事。"

"我会被选中吗？"男孩瞪大了眼睛，充满期待地问。

"一定会，因为你是最棒的，"罗琳强忍着泪水，微笑着对男孩说，"所以你要早点睡，养足精神，等着去做天使，跟圣诞老人派发礼物。"

窗外，夕阳满天。最后一束阳光抖擞着身子，从窗帘的缝隙间拼命地挤进来，照着男孩的脸，和他怀里的小布熊。

男孩和她道了声"晚安"，就睡下了，再没有醒过来，嘴角一直洋溢着甜甜的微笑。只有罗琳一个人知道，那微笑是用一个谎言编织出来的，那微笑里藏着一个关于天使的虚无缥缈的梦。

那个谎言，是关于夭亡的最美丽的解释。

心底的照片

这种对美的向往之心，让这个世界重新看到了希望。

那是一张永远无法定格在胶卷上的脸，那是裱在摄影师心底的一张照片。

那是一群贫苦交加的人们对美好生活的渴望。

那是很多年前的事情了，因为我的摄影师朋友略懂一些非洲语言，所以他争取到了随同新华社的记者去索马里难民营采访的机会。他一直有那样一个愿望，要用相机记录下难民们一个个水深火热的日子，唤醒全世界的善良来拯救这样一群在死亡边缘挣扎的人们，他们有黑色的皮肤，有褴褛的衣衫，有在贫苦中依然闪亮的眼睛……

那是一个怎样的居住地啊，像城市里某个垃圾处理场，臭气熏天，尘土飞扬，战争让他们流离失所，饱受了上帝揣在口袋里的所有苦难。

在那里，他摸到了儿童们瘦如鸡爪的手，听到了老人们临终时的哀号和呻吟，看到了妇女们惊恐的眼神……这些都在他的心底烙下了深深的印记。那里的每一个人，随时都有可能死去。一粒药片比一粒金子更珍贵，一次小小的感冒引发的高烧就会将人推下生命的悬崖，死亡就像很随便的一堆篝火熄灭了一样，平常得已经不能让人感到伤痛了。

但让他无比惊讶的是，在他决定给他们照相的时候，不论男人还是女人们，都纷纷去洗脸梳头，把自己收拾得干干净净的，似乎是要赶赴一个节日一样。他想：再贫苦的人，对生活也是充满向往之心的。

其实，他们是在为自己守着那最后一点尊严，让全世界都尊重的——非洲的心。

我的摄影家朋友倾其所有，为他们照满了整个口袋里的胶卷。就在他要离开的时候，一个小姑娘跑过来拽住了他的胳膊，央求他为她照张相。他看到她将自己收拾得干干净净，特别是她的胸前，竟然还戴了一串金光闪闪的项链。她似乎看出了他眼中的惊讶，笑着对他说了项链的秘密：原来那是她用泥巴搓出来的一个个泥球，然后用花粉涂在外面，串成了项链。

就为了做这个"项链"，她才耽搁了照相。

他拿着相机的手在颤动，他不能告诉她相机里已经没有胶卷了，他不能让这朵开在人世间最苦难之地的花在瞬息之间就凋谢，那是一颗真诚地热爱着生活的心啊。

她对着他的镜头绽放出灿烂的笑，他也不停地摁着谎言的快门，用一个个闪光灯骗过了她的期待。非洲女孩黑黑的脸和灿烂的笑，在那一刻永远定格在了摄影师的灵魂里，再也剜不掉。

回到大使馆后，我的摄影师朋友想尽办法向工作人员要了几卷胶卷，他的心很乱，迫不及待地要求再回难民营一趟，他想为那个女孩补照几张照片。前后辗转约有二十多天。他不知道，在这二十多天里，一个满怀期待的生命已经走到了尽头。

她纤细的生命一直飘飘荡荡的，一次偶然的感冒，就让她永远地睡着了。

小女孩躺在母亲的怀里，已经离开了苦难的人世，胸前的那串项链依然闪耀着阳光的色彩，刺得人的眼睛有种无法回避的疼痛。

那母亲说，这二十多天是孩子最快乐的日子，她每天都在盼望能看到她的照片，看到自己在灿烂的阳光下，像花一样开放。

那母亲说，她临终前的最后一句话还在问：中国叔叔来了吗？

这就是生命。在那最贫苦的地方，一颗苦难的灵魂涂抹上阳光的色彩，变成珍珠，串成了美丽的项链……

这种对美的向往之心，让这个世界重新看到了自己的希望。

第二辑
时光不旧，只是落满尘灰

不论什么时候，都要有一
颗向上的心！很多时候，
你屈居阴暗的谷底，那是
你放弃了攀登，凭什么指
责阳光不肯普照呢?

母亲的病友名单

我真担心，如果有一天，那电话不再响起，母亲该会有多难过。

母亲在肿瘤医院住院期间，认识了一些老姐妹。这些癌症患者经常在一起讨论各自的病情，时间久了，慢慢建立起一种相依为命的情感。临回家那天，母亲与那些病友们留下了各自的电话号码。

母亲眼神不好，回来后让我把那些电话号码工工整整地挨个儿抄下来。长长的一列，算上母亲自己，一共12个危在旦夕的生命。

从此之后，家里的电话忙得不可开交，几乎每天都有母亲的病友打来的电话，她们互相询问病情，嘘寒问暖，相互鼓励，俨然成了天底下最知心的莫逆之交。

我真担心，如果有一天，那电话不再响起，母亲该会有多难过。

母亲每天都会守着电话，害怕错过任一个病友的问候。我对母亲说："电话上面都是有来电显示的，如果谁的电话没有接到，我们给拨回去不就行了吗？"

母亲说："不一样的。如果我当时没有接，她们会担心我先走了，会难过的。"

我们决定给母亲买个手机，这样母亲就可以随时随地接听病友的电话了。我把那11个人挨个儿存进了母亲手机里，仿佛存进去一笔巨额财产。

那是一群在死亡线上挣扎着的人，她们共同筑起了一道生命的墙。

这让我想起了"辛德勒名单"，不仅仅是母亲，那里的每一个人都有那样一本通讯录，那是她们要从死神手里抢回来的生命名单，每个人都是另一个人要拯救的对象。

起初，母亲是悲观的，在治疗上也不大配合，总认为自己迟早会死，往身上搭钱是浪费。我们用尽了各种办法使她振作，领她去听二人转，鼓动她参加秧歌队，可是都无济于事。后来，我们发现只要母亲和那些病友通过电话之后，就会变得开朗许多，心情也舒畅了。

所以，我们为母亲的手机多备了几块电池，保证母亲的手机一天24小时开着。一部小小的手机，分分秒秒传递着生命的讯息。

杨姨是 12 个人中最乐观的一个，其实也是病情最为严重的一个。她的癌细胞已经扩散到了全身。但每次母亲在情绪低落的时候打电话过去，杨姨都会兴高采烈地给母亲讲一些她的"奋斗"经历。每次通过电话后，母亲都会开心好一阵子，因为生命又有了新的希望。

又一个阴雨天，母亲疼得厉害，心情变得很坏。我们赶紧替她拨通了杨姨的手机，杨姨爽朗的声音很快传了过来，"喂，你好啊，我的老姐妹。告诉你一个好消息，昨天去医院复查，医生说我的癌细胞控制住了，活个十年八年的不成问题。我现在忙着打太极呢，不和你说了。改天再聊吧！"杨姨的话像连珠炮一样，没等母亲问什么，那边就挂断了。虽然母亲没说上什么话，但知道自己的病友又多了一次战斗胜利的捷报，心里顿时敞亮了很多，感觉身体也不那么疼了。

直到有一天，母亲打电话给杨姨，是一个年轻人接的。他说："我妈妈去世已经半年了，她在临终前几天让我们替她在手机里录制了几段录音。告诉我们不让关机，免得你们打不进来电话。"说到这，年轻人有些哽咽，"阿姨，我不能再瞒着您了，这半年来，你们听到的，都是我妈妈的电话录音……"

挂了电话，母亲的手抖了起来，拿过那本通讯录，用笔轻轻地把杨姨的名字圈了起来。那一堵生命的墙，忽然就裂开了一个缺口。我听到母亲喃喃地说着："他杨姨啊，你先走着，等些日子，我来陪你。"

我们的心跟着凉了。母亲一直依赖的希望没有了，她的心会不会就此沉进谷底呢？

　　结果完全相反，母亲的做法让我们所有人都感到惊讶。一辈子没跳过舞的母亲，让我们替她报名，她要参加秧歌队！

　　穿着大红大绿的母亲，样子很滑稽，扭起的秧歌也很生硬，但不管在晨曦里，还是夕阳下，我看到的母亲都是最美丽的。我知道，母亲不仅仅是为她自己活着，她在为她的亲人们活着，也为那些"辛德勒名单"上的病友们活着，就像杨姨一样。哪怕让她们多活一天，都是一次成功的拯救。

　　病情又一次加重了，母亲虚弱得很，额头上沁着大颗大颗的汗珠。这个时候，母亲的手机响了，我们知道，肯定又是病友打来的。母亲颤巍巍地接过手机，看了看那个电话号码，马上示意我们静下来，然后清了清嗓子，用比平常高八度的声音对着电话欢快地喊道："喂，老姐姐，你好吗？我啊，我好着呢，刚刚扭完秧歌，你看把我累的，气喘吁吁啦，哈哈……"

　　我们含着眼泪听着母亲在病床上撒谎。我们知道，杨姨走了之后，母亲终于成了那堵生命的墙上最坚强的砖。

那一滴挤疼了大海的眼泪

一滴水，无法挤疼大海，一滴眼泪，却会！

一滴水，无法挤疼大海，一滴眼泪，却会！

有一次，母亲在午睡时做了一个梦，梦到我掉进了井里，旁边一大帮人，却没有人去救。母亲赶到了，毫不犹豫地跳进去救我，把我救上来，自己却死过去了。她隐隐地听到人们说："只有当妈的才能这样啊，把孩子救上来，自己却死过去了。"

母亲在睡梦中惊醒，觉得这个梦很不吉利，眼皮也不停地跳，她担心我会发生什么事情，迫不及待地给我打电话。可是我在午睡的时候有关机的习惯，母亲就一遍一遍地打，一直打了两个小时，直到我开机。

电话通了的一瞬间，母亲在那边孩子一样"哇"的一声哭了起来。听完母亲诉说的那个梦，我深深地自责起来。对于母亲来说，无法和孩子联系的这两个小时，是多么漫长。

母亲叮嘱我最近要多注意点儿安全，又一再地安慰我，说梦都是反的，梦见灾难就证明平安，没事的。

这就是母爱吧，她宁愿相信，一个不真实的梦，并陷进自己假设的劫难里，难以自拔。

从那以后，我不再随便关机，因为我怕母亲再做那样可怕的梦。

那一声"惊天动地"的哭泣，着实把我吓了一跳，我分明看到了在哭泣声后尾随而来的那滴眼泪，浑浊、咸涩，却又那么晶莹、甘甜。

看过一篇文章，说一个失去老伴儿的父亲，内心充满了悲伤，可是他又不得不在儿女们面前强装笑脸，免得孩子们担心他。后来，儿女们发现父亲喜欢上了吃洋葱，他总是一个人在厨房里默默地剥洋葱，眼里满是泪水。孩子们问起的时候，他说是洋葱太辣。其实他是在找一个借口流泪，给心底的悲伤找一个流淌的出口。

有一种男人，宁可忍耐野火把心烧焦，也不会让火星溅到爱人的发梢；有一种男人，心里藏着一个重洋，流出来，却只有一颗泪珠！

我的父亲也是个刚强的人，我见过他唯一的一次流泪却是因为我。

那个秋天，我被一个发了疯的酒鬼连刺四刀，多亏好心的邻居相救，才得以保住性命。在重症监护室里，三天三夜昏迷不醒，醒来第一眼，我看到了父亲。父亲看到我终于醒来，随即一滴泪重重地砸到我的脸上，继而转身向外狂奔，语无伦次地对亲人们喊道："孩儿醒了，孩儿醒了……"

后来我才知道，当听说了我的遭遇，正在田地里干活儿的父亲风尘仆仆地从老家赶来，竟然连衣服都没来得及换，上面满是泥点子和汗渍的酸味。母亲哭一道儿，他训斥一道儿，"你号丧个啥儿，儿子没事儿也被你号出事儿了。"话虽如此说，心里早已七上八下地没了谱儿。

父亲，这个刚强了一辈子的汉子，天灾令他颗粒无收时没流过一滴泪，上山砍伐木头被大树压断了腿时没流过一滴泪，听说我出事儿时没流过一滴泪……确认我醒了，重新活了过来了，终于哭了一鼻子。那一滴砸在我脸上的泪水里，蓄着父亲六十多年的沧桑。

现代舞之母邓肯的一生充满了太多的悲凉，一天之内，她的一双儿女就被汽车送葬于莱茵河中。她在自传里悲伤地写道："在人的一生中，母亲的哭声只有两次是听不到的——一次在出生前，一次在死亡后。当我握着他们冰凉的小手时，他们却再也不会握我的手了。我哭了，这哭声与生他们时的哭声一模一样：一个是极度喜悦时的哭声，一个是极度悲伤时的哭声。为什么会一样呢？我不知道，可我清楚这哭声真的是一样的。在茫茫人世间，是不是只有一种伟大的哭声，孕育生命的母亲的哭声，既能包含忧伤、伤痛，又能包含欢乐、狂喜呢？"

一滴水，无法挤疼大海，一滴眼泪，却会！

因为那一滴眼泪里蕴藏着无穷无尽的情感的风暴。

第 156 张票根

那双脚是她积攒的第 156 张票根，母亲的终点，她的起点。

自那个晴天霹雳般的秋天以来，妈妈的脚再也没有停下来，一直奔走着；妈妈的心也再没有闲下来，一直胀鼓鼓地装着女儿，因为她被囚在高墙深院。

那一年女儿刚刚 20 岁，如花的容颜，瞬间凋残。

女儿是因为恨才铸成了大错。女儿恨父亲，更恨那个夺走她父亲的女人，于是在一个风雨交加的夜晚，动了杀心。女儿只是想让妈妈解脱，想再一次缝补好家庭的裂痕，让温暖重新裹紧她和她的妈妈。在举起刀子刺向那个女人的同时，她也深深刺伤了自己。她美丽年华在那一刹那，被自己掐灭了。

妈妈每月一次的入监探视，便成了女儿的节日。监狱里的日子静如死水，但因为每月都有一天能见到妈妈，她心中便会不停地泛起微澜。那个日子阳光普照，那个日子鸟语花香，她认真地数着妈妈走后的日子，每天在她的床头画道道，多少次在梦中提前过了她的节日。原本暗无天日的生命因为有了这个日子，而变得异常美丽。

妈妈又何尝不是如此。女儿带走了妈妈的阳光，抽干了妈妈心头的灯油。妈妈心上的那盏火苗，却因为这样一个日子而没有熄灭。每次去，妈妈总是提前准备，她爱吃的小点心，喜欢的小玩意。只要是妈妈认为女儿喜欢的，就下功夫做，舍得花钱买。从晚上回来开始，就琢磨着下次去该带什么，一直到下一月该去的时候才算是准备好。大包小包一个又一个，下了火车，还得步行五公里。常常是累得气喘吁吁，直不起腰来。

多少次，管教总说不允许从外面带那么多东西。妈妈总是好说歹说，她姨，就留下吧，不是买的，是我昨天晚上才做的咸菜和一点小点心，没有别的，让孩子留下吧。每每妈妈让管教无话可说，其实管教总是被感动，那个白发的老妈妈，谁又能忍心再让她背回去呢？谁又能拒绝妈妈那颗善良的心，谁又能拒爱于千里？

她们一个在高墙内，一个在高墙外，度日如年。更让她疼痛的是，每一次见到妈妈，都发现妈妈又老了一些。每一次，她都会为妈妈拔白头发，渐渐地，开始拔不过来了。她总是一边拔一边不停地抽泣，把妈妈的白发用一个小盒子装起来。妈妈似乎看出了她的心思，每次去都先染黑了头发。尽管如此，仍旧无法掩盖妈妈的衰老。

皱纹同样过早地爬上了她的眼角。13年了，如花少女的她一路走来，转眼间，花已凋零，青春不再。铁窗高墙阻隔了她的高飞远行，但阻不断她对妈妈的思念和妈妈对她的爱。她后悔自己的倔强和任性无知，在风雨之夜犯下滔天罪行，手铐铐住的不只是她的手、她的身，还有妈妈的心，在一点点地被揉碎，还有妈妈的泪，被一滴一滴地掏干。

无论严寒，无论酷暑，无论风雪交加，更无论大雨滂沱，妈妈总是如约而至，从未迟延。每次来，她都会管妈妈要她的火车票根，她那本漂亮的纪念册上面粘贴着一张张的火车票根，所有的票根都是 Q 地开往 Z 地的，整整 13 年，156 个月，三万多公里，那是母爱的路程。

156 个月，但她的纪念册上只有 155 张票根，怎么独独缺少一张呢？

原来，出狱前的最后一次探视，是那个冬天最冷的一天，刮着凛冽的北风，下着大片大片的雪。她既担心妈妈被冻坏而不希望她来，又不停地走动，焦急地盼着妈妈的到来。她的纪念册上就缺这最后一张票根了，然后，她就可以合上它，重新开始她的生活。可是妈妈始终没有来，她开始忐忑不安起来，担心妈妈出了什么意外。直到第二天早上，妈妈才蹒跚着来了。因为雪下得太大，不通车，妈妈是一步一步走来的，整整走了一天一夜。探监的日期已经过了，但管教们破例让她们见了面。她跪在妈妈面前，捧着妈妈那双冻伤的脚，号啕大哭。

管教们跟着动容，齐刷刷地跟着落泪。

　　她在纪念册的最后一页，那个本该贴上最后一张票根的空白处，画上了一双脚。那是妈妈的脚，一双冻伤的脚，一双不停奔走的脚，走过的脚印里都是深深的母爱。

　　那双脚是她积攒的第 156 张票根，母亲的终点，她的起点。

陌生的康乃馨

小姑娘笑了，很灿烂的笑，满世界姹紫嫣红。

母亲节那天，母亲意外地收到了一个陌生人送来的一束康乃馨。花里夹着一封信，信皮上写着：妈妈收。

"哦？这是你们俩谁出的鬼点子？"母亲一边微笑着望着我和姐姐，一边好奇地打开了信封。

"您不知道我是谁，但请允许我这样称呼您，妈妈！

"我就是那个在您的小摊边上犹犹豫豫的小女孩，我手里攥着5毛钱，想买你的雪糕。可我的作业本用完了，这5毛钱也可以买两个本子。我望着你的雪糕，舔着自己干裂的嘴唇，不忍离开。你看到了我，给了我一个大大的雪糕，还催促我快点吃，不然都被太阳公公给吃了。我笑了，那个雪糕真甜啊，上面有暖暖的奶香。"

哦，原来是那个可怜的"小不点"。母亲说她最见不得孩子可怜的样子，让人心疼。母亲接着往下读，眉头却慢慢地皱了起来，满是疑问。

"您不知道我是谁，但请允许我这样称呼您，妈妈！

"我就是那个在你的小摊边摔倒的淘小子。我在大街上溜旱冰，溜得太快了，不小心撞到了你。你赶紧把我扶起来，送到诊所去。可你的伤比我严重多了，医生要给你包扎，你却说，大人皮厚，小孩皮嫩，先给孩子包扎吧。你摸着我的头，温柔地责怪我说，淘小子，以后在大街上可不许再溜旱冰了。撞到我算你好运，要是撞到汽车，小命就没了。"

母亲想起了这个淘小子，自医院出来以后，就没有再见到过他。"没想到他还记得我。"母亲自言自语，却愈发地糊涂了，那么送花的到底是那个"小不点"，还是这个"淘小子"呢？

更大的谜团在后面。

"您不知道我是谁，但请允许我这样称呼您，妈妈！

"我就是那个断了双腿，只能爬着走路的小乞丐。那天，你不仅给了我钱，还递给我一个大大的饭盒——那是你的午餐。等我吃完这最香的一顿饭，你还给了我一副套袖，里面絮着很厚很厚的棉花，那是你用一个中午的时间做成的。你说看到我的胳膊流血了，一定很疼。让我以后'走路'的时候套上它，就不会再磨破胳膊了。"

"真的不是你们两个搞的鬼？"母亲望着我和姐姐，再一次问道。我和姐姐也被弄糊涂了，一个劲儿地摇头。此时此刻，我和姐姐除了疑问，更多的是愧疚。母亲节，怎么就忘了给母亲礼物呢？

"那这个人到底是谁呢？他又是怎么知道我做过的这些事情呢？"母亲忍不住接着往下看，真相渐渐浮出了水面。

"您每天忙忙碌碌的身影，像极了我的妈妈。所以，我就把您当成我的妈妈，每天能看到您，心里就会暖暖的。所以，请您替我收下它好吗？母亲节，我很想很想送给我的妈妈一束康乃馨，可是她去了天堂，我不知道怎么给她。您那么喜欢帮助别人，您一定有办法转交给她，是吗？"

母亲一下子想到是谁了。那是母亲的"跟屁虫"，母亲走到哪里，她就跟到哪里。那是个坐着轮椅的爱看书的小姑娘。她的妈妈去世两年了，她活在忧伤的潮水里，不能自拔。母亲有空就和她聊天，逗她开心。时间长了，小姑娘开始依恋母亲了。

母亲做的那些事情，她都看在眼里，留在心中。

我和姐姐愈发地愧疚了，母亲做的这些事情，我们竟然一点都不知道。平日里我们只知道母亲很忙，忙得不可开交，忙得忘记了对我们说爱，以至于常常对母亲生出抱怨。殊不知，母亲是如此伟大，让我们自豪。她忙忙碌碌，她是散播爱的天使啊。

我推开窗子，拿着那束康乃馨，对着在院子里晒太阳的那个坐在轮椅里的小姑娘使劲儿地喊道："你的妈妈收到你的花了，她让我告诉你，她爱你。"

　　小姑娘笑了，很灿烂的笑，满世界姹紫嫣红。此时此刻，我和姐姐想对母亲说的话，竟然与那个小姑娘在信的末尾写的几乎一模一样：

　　"妈妈，如果世间真的有天使，那么我相信，您，一定就是圣母马利亚。"

亲爱的向日葵

时光不会停止，哪怕你拿生命去贿赂，它也不会停下一秒。

五一假期里，二妮儿的老师给他们留了特别的"作业"——做一件有意义的好事。

什么算是有意义的好事呢？她现在可没心思想这些，因为她马上就要辍学了。

几天前，本来就贫寒的家里遭了灭顶之灾：父亲在工地上摔成了残疾。顶梁柱倒了，全家人都靠母亲一个人捡破烂维持着生计。她想，她不能再给家里添负担了，她要去找活儿干，替母亲分担一些。

她想，过完这几天假期，就算彻底辍学了。而现在呢？应该还不算吧。她这样安慰着自己，希望时光不要再往前赶，就此停住，那样她就可以永远做一个学生，保存一张向日葵般的笑脸。

"既然我还是学生，那就该完成老师留的作业啊。"她决定去做一件有意义的好事。

最后，她把目标锁定在一个孤寡老人身上。

那是个奇怪的老人，她不知道他有没有儿女，他的院子每天都死气沉沉的，不见他出来遛弯儿，也不见他和人来往，他把自己与这个世界完全隔绝了。她想去帮他打扫打扫卫生，和他聊聊天，这该算是有意义的吧，毕竟在帮一个老人排遣孤独。

她说明了来意，老人很是欢喜。老人说，你不用帮我干活，你只要在我的院子里玩耍，我就能感觉到快乐了。

对于老人来说，二妮儿就像一只欢快的麻雀，顿时让他的院子热闹起来。二妮儿也感到老人很是亲切，像极了过世的爷爷。渐渐地，他们成了无话不谈的"忘年交"。

她为老人带去了欢乐，每天陪他说话，捉迷藏。二妮儿还把自己辛苦攒下的十多元钱都用到了他的身上。她不清楚自己为什么会对这个陌生的老人感到亲切，冥冥之中，他们好像有种牵扯不断的关联。她只想给他带去一点儿快乐。但老人似乎并不缺钱，他总要给二妮儿一些零花钱，但二妮儿一次也没有要。

每天，看着二妮儿在他的院子里晃动的身影，就是老人最快乐的时光。

她心底的心事只能和老人说，她和他讲学校里各种各样有趣的事情，和他讲自己就要辍学了。说这些的时候，二妮儿的心底泛起一阵酸楚，眼底明显泛着泪光。

老人安慰她说，别难过，一切都会过去的，你一定要坚强乐观地把眼前的困苦挺过去。

老人给了她一把向日葵的种子，对她说，去吧，把这些种子种到那个墙角去，秋天到了，我们就有瓜子嗑了。

她在院子里忙活开来，从种下向日葵的那一刻起，她的心便被某种神秘的东西拴住了，她甚至开始盼望，向日葵早日绽开笑脸。

什么时候能看到它们的笑脸呢？她问老人。

现在就开了，老人开玩笑说，你就是我的向日葵。

她灿烂地笑着，忘了明天是上学的日子，也是她永远离开学校的日子。

时光不会停止，哪怕你拿生命去贿赂，它也不会停下一秒。但奇迹会发生，它让无常的人世变得多么奇妙而美好！

就在二妮儿辍学的三个月之后，她收到了一封寄自韩国的信：

亲爱的向日葵：

你好。当你读到这封信的时候，我已经在韩国了。儿子们接过我很多次，我都没有来，但这次我来了，因为你使我改变了想法。你的快乐感染了我，使我本来荒芜掉的生命重新焕发了活力。我想，哪怕只剩一天，我也要快乐地活着。现在，我和儿女们在一起，我不知道这辈子还能不能回去。你替我照看下我的房子吧，向日葵成熟了，别忘了去摘啊！另外我以你的名义存了一笔资金，用来资助你上学，直到你大学毕业。

最后，祝你永远快乐！

一个因为你而感到幸福的老人

二妮儿的手微微地颤动着，她向老人的院子奔跑。院门没有上锁，她知道，那是老人给她留的门。

向日葵长高了，高过院墙，那一张张笑脸无比灿烂。她站在那些向日葵下，抬头仰望着那些光灿灿的笑脸，忘了自己，也有一张向日葵的笑脸，镀着阳光的金色。

她想给老人写封回信，可那些感谢的话，对于她和他来说，会显得多么蹩脚啊。忽然间她想到了，等向日葵成熟了，她要把葵花子给老人寄去，除此，什么都不用说。她知道，老人会懂得，这几粒葵花子所代表的全部语言。

二妮儿握紧拳头，为自己的想法激动不已！

加油啊！她和那几棵向日葵，在灿烂的阳光下，相互鼓励着。

公平的阳光

不论什么时候，都要有一颗向上的心！

每个人都有那样的日子吧，前途黯淡，心灰意懒，每天怨天尤人，将自己封闭在黑暗潮湿的角落里，不肯向那有光亮的地方回眸，任凭一颗心生满苔藓。

我便是有过那样的日子。直到有一天，在一个西瓜摊儿前听到一对父女的谈话，心上的苔藓才开始慢慢地滑落。

埋头吃完西瓜的女儿问了父亲一个很值得深思的问题，"为什么有的西瓜甜有的西瓜不甜呢？"

那父亲回答："甜的西瓜是因为被阳光照耀的时间长。"

"那地里的西瓜不是都在接受阳光的照耀吗？"

"是啊，阳光是公平的，它一视同仁地照耀着那些西瓜。可是有的西瓜怕热，自愿待在阴影里，不肯接受阳光的照耀，所以它们就不甜的。"

我很佩服这位父亲，能教育孩子于无形之中，并且他的话令我醍醐灌顶。

"那我用现在这个不甜的西瓜的籽，明年春天种上，它结出来的西瓜还会甜吗？"女儿接着问。

"当然，每粒种子的机会都是平等的，是成为成熟的西瓜还是生瓜蛋子，就看你后天的努力了。"父亲回答。在他看来，西瓜也是有心的，有的心是坚强的，有的心是懦弱的。

上帝赐予一粒沙子，人把它变成一堆眼屎，贝壳把它变成一颗珍珠。同样的，上帝给每个人一副牌，有些人拿到了好牌，沾沾自喜，得意忘形之中很有可能因为疏忽而输掉了牌局；有些人拿到坏牌，却认真地去打每一张牌，就会有赢牌的可能。

不论什么时候，都要有一颗向上的心！很多时候，你屈居阴暗的谷底，那是因为你放弃了攀登，凭什么指责阳光不肯普照呢？

时光不旧，只是落满尘灰

时光还没有被我用旧，只是蒙上了一层灰垢而已。

那时我 20 岁，却正经历着人生的秋天，满目落红，遍地枯草，大有"晚景凄凉"的味道。在我自己看来，当时的窘境甚至不如隔壁的那个孤寡老人。

他没有退休金，每日里靠捡拾垃圾艰难度日，喝酒算是他一天中唯一的一点乐趣吧。只有在喝点小酒的时候，那院子里才有了点儿活人的气息。那样的时候，我甚至能听到他哼着一些古老而神秘的曲调。

他的院子里堆着的都是捡来的没来得及去卖的破烂，就是这廉价的破烂，竟然也遭遇了盗贼。那盗贼就是我。

高考落榜后，父母让我去工厂做学徒工，我不去，关起门来坚持写作，梦想有一天可以写出名堂来。苍白无力的青春，空洞的辞藻，自然无法让我写出多么出彩的文章来。消极的我开始变得颓废，抽烟打架"无恶不作"，邻家隔几天就上门来和父母讨说法。父母气急败坏，不再给我零花钱，任凭我"自生自灭"。我要写稿投稿，没钱买稿纸和邮票，只好去打他的主意，因为我注意到，他那些垃圾里，有一些本子，是可以拿来用的。

他并没有太严厉地呵斥，只是对我说："你不好好读书，来这破烂堆里翻个啥？破烂就是破烂，还能翻出什么稀罕玩意来？"说完他就往那堆破烂里一躺，与其融为一体，好像要告诉我，那破烂是他的，也就他把那破烂当有用的东西吧。"嘿嘿，我也是个破烂。你来翻翻，看我口袋里有没有点儿值钱的东西。"

我的脸羞臊得通红，只好和他坦白，说自己看中了他捡来的那些本子。

"不过话说回来，破烂也分两种，一种是完全没有用的，一种是还有一点利用价值的，比如我捡的这种，还是可以换回一点钱的。"那天他喝了酒，心情不错，没有和我发火。借着酒劲儿，还对我进行了一番教诲，"人啊，不管多糟糕，哪怕你狼狈得像个垃圾一样，只要用心，你也会是那可以回收利用的垃圾。相反，你若自暴自弃，沉沦堕落，那么你就是把自己扔进了不可回收的垃圾箱。"

听这话，一点不像一个捡破烂的老人说的，反倒像我的语文老师在课堂上给我讲的。

为了"惩罚"我，他说："去给我把窗玻璃擦了吧，很久没擦了，都看不到外面的东西了。"

我只好乖乖地去擦玻璃。玻璃擦干净了，晦暗的屋子一下子亮堂了起来。他心情很好，招呼我喝一口。我捏着鼻子喝了一口，辣得不行，直吐舌头，他倒是乐得前仰后合。

最后，他在自己的垃圾里仔细挑拣，把那些我能用到的本子都给了我。

"该惩罚也惩罚了，不过你既然帮我把玻璃擦得那么干净，也得奖励奖励，这些就奖励给你吧。"

我流着泪接过那一摞本子，脏兮兮、皱巴巴已近迟暮的本子，我却坚信自己，可以在那上面写出干干净净、青春靓丽的文字来。

一度以为，自己荒废了光阴，不可救药。但这个可敬的老人让我知道，时光还没有被我用旧，只是蒙上了一层灰垢而已。只要用心去擦一擦，那隐匿起来的时光随时都可以亮洁如新。

把生活变成诗歌

生活是一座杂乱无章的素材库，我们要做的，就是努力使自己成为一个优秀的编剧。

记得小时候，一个夏天的夜里，一只飞虫飞进了我的耳朵里。我慌张地使劲拨拉耳朵，可是那只顽皮的小飞虫死活不肯出来。我急得哭了起来。

奶奶取出一勺清油，说，往耳洞里滴几滴清油，就可以把飞虫的翅膀粘住，然后憋死它。

而母亲却让我站起来，把耳朵对着明亮的灯泡，并凑到我的耳根边喃喃低语：虫儿虫儿快出来，给你光亮让你玩……果然，不一会儿，虫儿就慢慢爬了出来，围着灯泡快乐地旋转。母亲说，虫儿最喜欢的是亮光，哪里有亮光，它们就会朝哪里飞。

对于两种不同的方法，诗人孙晓杰解释道：前者是生活，而后者就是诗歌。

奶奶去世的时候，我伤心又害怕。一个疼爱我的人永远地走了，不再回来。蓦然间，我感受到生命的黑暗。父亲开导我，摸着我的头说，奶奶出远门了，那个方向是通往天堂的方向，上帝正在花园里召唤她呢，因为上帝喜欢她。我知道奶奶是个很虔诚的基督教徒，这样的解释让我的心锁顿时打开，父亲把我的悲伤改编成了童话。

从此，我微笑着生活，我知道奶奶希望我这样。无论走到哪里，我都会给自己，也给别人以微笑，把手中的爱尽力播洒到世界的每一个角落。

同样是小学三年级的学生，在作文中说他们将来的志愿是当小丑。一个老师批之：胸无大志，孺子不可教也！另一个老师祝愿：愿你把欢笑带给全世界。

有一次到日本伊豆半岛旅游，路况很坏，到处都是坑洼。其中一位导游连声抱歉，说路面简直像麻子一样。另一个导游却诗意盎然地对游客说：诸位先生女士，我们现在走的这条道路，正是赫赫有名的伊豆迷人酒窝大道。

人生也是这样，当你被一件事情困扰的时候，想没想到换一种方法来解决呢，我们无法主导生命，却可以改编生活。那个时候，你会觉得生活是一件很诗意的劳作，而并不仅仅是从一只肩膀到另一只肩膀的疼痛。

生命中没有导演，无法为自己的人生进行彩排。但我们可以是编剧，尽管每个人的生活都会是一本陈年旧账，但我们可以把它变成我们想要的体裁，那些风花雪月可以改编成诗歌，那些柴米油盐可以改编成散文，那些坎坷和灾难可以改编成小说，让你的人生时而像水一样流淌，悠闲而又充满诗意；时而又像山路一样跌宕起伏，峰回路转，柳暗花明。生活是一座杂乱无章的素材库，我们要做的，就是努力使自己成为一个优秀的编剧。

雪花，春天的邮戳

　　每一个六角形的花瓣，都是春天的邮戳，告诉我们，再深重的苦难，也不能压垮春天。

　　刚开始的时候，雪花是猫着腰，蹑手蹑脚来的，似乎要给你某种惊喜。待你敞开了门扉和胸怀欢迎她的时候，她已经不拘小节，大摇大摆起来了。这正是她可爱的地方，多大的雪都不会恼了我。不管什么时候，在我眼里，飘舞的雪花都是数之不尽的好消息。我相信她是春天的邮戳，她贴着我的额头，附在我的耳畔，与我耳鬓厮磨，转瞬间便融化了。雪花来去匆匆，只为提醒我，春天的幕布已经拉开，准备好你的节目了吗？

　　我淹没在那些幸福的白色花瓣里，不想靠岸。不得不承认，雪是我生命中的"精灵"，作为一个美丽的意象不止一次出现在我的文章里。我如此深地爱着它们，如信仰一般，我的虔诚，神圣至极。世界太大，我只要守着一片小小角落，捧着小小的六个瓣的雪花，便是心灵的天堂了。

相反地，有一个不到 20 岁的孩子，对雪却是厌恶至极。他是我常去的一个小饭馆里的小服务生。每次下了雪，都听见他向天空咒骂着，那些恶毒的语言与他清俊的脸孔极不协调。在他看来，那漫天飞舞的不是雪花，而是令人生厌的苍蝇和蚊虫。

我堆在门口的雪人也常常遭到他的蹂躏。这些都是他少有的反常行为。

因为平时在他的脸上看不到任何表情——不会热泪盈眶，不懂笑靥如花，一副标准的扑克脸。从不解、好奇到厌倦，人们最后认定他根本就缺少基本感情。孤僻又冷漠的孩子啊，看他的眼神开始变得嫌恶。

冰心曾借她文章中的人物的口说过这样的话：世界是虚空的，人生是无意识的。人和人，和宇宙，和万物的聚合，都不过如同演剧一般，上了台是父子母女，亲密得了不得；下了台，摘了假面具，便各自散了。哭一场也是这么一回事，笑一场也是这么一回事。与其互相牵连，不如互相遗弃；而且尼采说得好，爱和怜悯都是恶。

有人问他那活着还有什么意思，死了，灭了，岂不更好，何必穿衣吃饭？

他说，这样，岂不又太把生命看重了。不如行云流水似的，随它去就完了。

这个人未免太消极了。当然，这并不是冰心本人的世界观。

但她描写的这个人的心境与这个小服务生此时此刻竟完全一样，他们的冷漠在遥远的时空里不谋而合。

直到那场大醉，我才窥探了他心底的苦痛。那天是元旦，天空飘着零星的雪花，出奇的冷，人们都偎在家里，用亲情烤着火。饭馆里除了我，没有其他客人。我喜欢在下雪天里喝点酒，但一个人有些无趣，示意让他来陪陪我。在老板的允许下，他坐下端起了酒杯。不胜酒力的他喝了二两小烧便将心底的哀伤吐露无遗。他哭了，他的眼泪让我确信他身体里的血依然是热的。他说他从小就没了父母，一直和奶奶相依为命。奶奶上了年纪，却还要到处收破烂供他读书。这样的书他读不下去，他自作主张，卖掉了他的课本做路费，来城里打工。挣了钱后，他买了很多好吃的和很多新衣服回去，发现奶奶守望在门口，已经变成了僵硬的雪人！有人说，少年的情怀是最真的情怀，是的，我看到和听到过无数煽情的场面，但他的故事却那样令人心痛。他的哭泣久久盘旋在我的耳边：奶奶说她不要好吃的，不要好穿的，只要我陪在她身边，奶奶无时无刻不在等我回来。可是，她没有等到。

都是这该死的冬天，该死的雪，带走了奶奶。他指着那些贴满窗棂的大朵大朵的雪花，不停地诅咒着。

这就是他怨恨雪的原因。可是，他多么深地冤枉了雪花啊。他的咒骂，让我心疼。

"真正让奶奶冷的，是你不在她的身边。换个角度讲，奶奶走的时候，披了厚厚的雪，是不是也会很温暖呢？奶奶不在了，所以你更要勇敢地活下去。"我为雪花辩解着。他喝了大大的一口酒，使劲地向我点着头，泪光闪闪。

雪没有罪，有罪的是命运。我竭力为雪花洗清冤屈。

我和他走出屋子，站在雪地上，像一张白纸上的两个标点符号。他从没有像今天这样对雪花充满敬意和怜惜之心，他伸出了双手，张开了怀抱。我们想堆个雪人，可是积雪太薄，想到雪地上打个滚儿，又怕雪花们委屈，只好就那样在雪里呆呆地立着，任雪花落在脸上，融进心里，轻声叨念着一些随着雪花在飘的，亲人的名字。

我让他去亲近雪花，只想让他相信，每一个六角形的花瓣，都是春天的邮戳，告诉我们，再深重的苦难，也不能压垮春天。

世界的表情是丰富的，有时冷峻，有时温和；有时调皮，有时哀伤；有时黑白相间，有时姹紫嫣红……人呢？不能总是待在冬天里，只戴一顶叫做冷漠的帽子。

孩子，扔掉你的帽子，再挺挺吧。

月亮再弯，亮着就好

她说困难是暂时的，她说曙光在前头。

周末的时候，我路过一个电话亭，看到一个农民工在那里打电话。由于大街上喧嚣吵闹，他不得不拿着话筒用很土的方言大声喊着：老婆，我好着呢，吃得好，睡得好，穿得也好。大城市真漂亮……与此同时，我看到了他另一只脏兮兮的手上握着的两个馒头。那是他的午餐，我看到他狼吞虎咽地啃着，吃得很香。

阳光下一群工人在做着他们的活计，热汗淋漓，他们有一句没一句地开着无伤大雅的玩笑，手上忙碌着，心里简单着。这种室外的工作是令人愉快的，很少有人在春天的阳光下，在一群人之中冥想自己的烦恼——工作有时会因为它的环境变成一种享受，特别是，当人们处在大自然中，头上的树木正在发芽，身边的地上落满了柳絮，他们呼吸着植物在这个季节特有的涩香的味道，阳光轻柔地抚在他们身上，而他们的工作又并不烦琐。在这时，谁知道他们是否会有一种微醺的陶醉呢？仿佛世外桃源里的生活，他们只是一些"不知秦汉，无论魏晋"的始民。

这些快乐的人让我想起了兰表姐。

姑妈家的兰表姐是我们家族里的第一个大学生，一直都是我们引以为豪的榜样。读大学的时候，她是班级里家境最为贫寒的一个，衣服轻易不买件新的，饭菜从来舍不得买贵的。但是爱笑的兰表姐始终快乐着，脸上全是对未来的憧憬。

临毕业了，兰表姐处了隔壁大学的一位男同学做朋友，那男生家在外省的农村，家里也很穷。姑父知道兰表姐处男朋友的消息后，几经辗转去了那同学的家乡。姑父是悄悄去的，那时候男同学家的院子里正凌乱地荒凉着，草房子的房顶上茂盛的野草正肆意地迎风飘扬。姑父的心当时就凉了半截。回来后，对兰表姐说的第一句话就是：咱家就够穷的了，你怎么找了个比咱家还穷的对象啊？

但这并没有阻止兰表姐的爱情。在亲人的反对声中，他们结婚了。新房是一间租来的房子，冬天的屋子如一座"水晶宫"，到处是亮晶晶的冰霜，沁着凉气。姐夫去山上砍了一大堆木头，守在炉子边上，不停地拨弄着，试图为贫穷的生活拨弄出一些希望的火苗来。可那些木头很湿，屋子里弥散着浓烟，呛得他们不停地咳嗽。即便是那么不堪的环境里，兰表姐的嗓子眼里，依然哼着快乐的曲调。用姑妈的话讲，兰表姐的心很大，大得有些"傻"。

兰表姐和姐夫起初一直没有找到合适的工作，他们就临时去附近的啤酒厂刷酒瓶子。两个人在冰冷的车间刷一天，脚上的鞋子都冻了，终于挣到了他们结婚以来的第一笔工资：15块5角钱。他们用这些钱犒劳了自己，买了肉和芹菜，包了饺子，然后就听到两个人在那个快乐的傍晚不停地打着幸福的饱嗝。

我是在兰表姐最困难的时候见到她的。姑妈生气兰表姐不听他们的忠告，结婚后一次都没有去看过她，但心里总是惦记着。那时候我读初中，在姑妈家借住。姑妈就让我趁放假的时候带上一些钱去看看兰表姐。见到兰表姐，我着实是大吃了一惊的。之前我从姑妈口中略知了一些关于兰表姐的生活状况，但没想到会这样糟：低矮破旧的屋子里一贫如洗，看着让人直想落泪。但就是那样贫穷的地方，到处却是干干净净的，尤其是床上的行李，洁白得有些耀眼。窗台上一盆野菊花开得正艳，给他们凄楚的生活带来了黄灿灿的希望。

兰表姐没有钱买菜，就让姐夫做了个筛网，领着我去小河边捞泥鳅，我们一边说笑一边抓鱼，捞了整整一个上午，结果只捞上来11条小指那么粗的泥鳅，外加一只蛤蟆。兰表姐喜滋滋地捧回去，生了火，为我做了酱泥鳅。那是我吃过的，最好吃的穷人的佳肴。

眼泪在我的眼圈里直打转，兰表姐却快乐地对我说，等你再来，姐一定带你下大馆子。她说困难是暂时的，她说曙光在前头。

贫穷一点都没有夺走她快乐的天性。

后来兰表姐和姐夫双双考上了公务员，领着令人羡慕的工资。想起这段曾经贫寒的过往，兰表姐倍感珍惜。每每我的生活现出窘境，在QQ里和兰表姐诉苦时，兰表姐总会拿她的这一段过往说事，以至于她的这段经历成了我们"家喻户晓"的教科书了。

"看到天上那轮窄窄的下弦月了吗？那就是你不圆满的人生，但是，你看它依然明亮着，从不蹙紧眉头，它会乐观地生活，直到把自己走成上弦月，走成一个与夜空的满满的温暖的怀抱。"不愧是有文化的兰表姐，说的话总是那么有诗意，而且让我的心一截一截地柔软下去。

兰表姐说："月亮再弯，亮着就好。"

像夏日的黄昏缓缓降临

人世间的种种苦难，如果你躲不过，那么就勇敢地面对它吧。

博尔赫斯，这位阿根廷最伟大的作家，诞生于一个患有遗传性失明症的家族中。他用一双视线模糊的眼睛阅读了无以计数的书籍，对众多热爱博尔赫斯的读者来说，他脑子里的书抵得上阿根廷的国家图书馆，而且更加生动、出色。博尔赫斯最后二十多年的创作，是在全盲的状态下进行的。因此，他不得不放弃了对短篇小说的挚爱，去创作对于盲人来说更适宜记忆的格律诗。那种黑暗我们不能用轻浮的黑暗来形容，它更像是海洋的深处，那种真正的、没有任何生命能存活下去的冰冷的深处。可是，正在深渊中的博尔赫斯表达自己的感受时，却说，那感觉"像夏日的黄昏缓缓降临"。

暮色渐近，天空开始缀满了白天隐藏起来的星星。这是失明的博尔赫斯感受到的美，痛楚而又无法逃避的悲凉的美。他赶走了那些喧嚣和躁动，把自己留在一个花园里。有时候感觉自己很轻，如同坐在一盏花瓣上，听悠扬的晚钟，听风车的转动，那些小生灵再不怕他，他也不再惧怕任何事物，世界一下子平静了。

生活不再那么烦琐、庸碌，而是瞬间变成了一件精美的瓷瓶，他似乎看见了它光洁的肌肤闪着诱惑的光。甚至，他数清了那停留在瓷器上的蝴蝶，翅膀上的花纹。

"像夏日的黄昏缓缓降临。"这短短的一句话够人回味一生。它瞬间震撼了我，让我对生命多了一份领悟。如何把生命的精彩进行到底，如何以豁达的心来面对苦难和死亡？成了一种灵魂的追问。他令我同时想到了贝多芬和勃拉姆斯，想到他们临终前的从容和豁达，他们都喜欢喝酒，不仅这一生与酒结缘，似乎还与酒神定下了来生之约。他们临终前说着关于美酒的谐谑的话，"好酒啊，果然名不虚传！"没有丝毫哀伤，相反却有一种对悲苦命运的嘲讽之意。苦难可以毁掉他们的身体，却永远无法摧毁他们的意志，永远无法阻挡他们向上的心灵。而在漫漫人生中，始终陪伴在他们身边，呵护、慰藉他们灵魂的，是香醇的葡萄酒。这些被葡萄酒的芳香环绕着的灵魂，让我们始终相信，苦难和死亡不是结束，只是另一种征途的开始。

我的一位女同事，是一个年轻的母亲。不幸的是，活泼可爱的儿子在四岁半的时候出了意外，夭折了。最初，她无时无刻不笼罩在悲伤的气氛中，人也憔悴得不成样子。有一次，她看到了雨后的彩虹，想起儿子说过的话："妈妈，彩虹真漂亮，我想去那个桥上玩……"她的心结忽然解开，并领悟到，只有那些失去的、永远不会再回来的事物，才让生命变得如此甜美，如同断了弦的绝唱。她的孩子虽然去了，但在她的心里得以永恒。从此，她从办公室窗户外看见天空掉下一片羽毛时，不会再像以前那样停下脚步缅怀；在麦当劳里听见别人家小孩的笑声，也不会再泪眼婆娑；每当彩虹出现，她都会对自己说，她的孩子正在那座斑斓璀璨的桥上玩耍。

人世间的种种苦难，如果你躲不过，那么就勇敢地面对它吧。无声的、黑暗的世界里依然有它自己的美，正如经历着丧子之痛的母亲看见了彩虹，正如失明之后的博尔赫斯看见了满天星辰。

再深重的苦难，也不过是像夏日的黄昏缓缓降临。

第三辑
画在手腕上的表

我们绝非掩耳盗铃，我们
真的听到了它在走动，走
得不疾不徐，不卑不亢。
那是我的脉搏，永远与世
界同步。

不肯回家的苹果

老人失落的，仅仅是一个苹果，而我们失落的，却是心中的一棵树。

老人是中途上的车，车厢里已经没有空座了，本来我是想给老人让个座的，但考虑到自己长途，就打消了这个念头。如今想起来，我仍然为自己麻木的心感到羞愧。

看样子他是从农村来的，他要去做什么，我无从知晓。他手里提着一只篮子，里面躺着为数不多的几个苹果。那几个苹果大小不一，大多数皱巴巴的，像他风烛残年的脸。

一个急刹车，老人没有站稳，篮子掉到了地上，苹果们撒着欢地滚落一地，像淘气的孩子，争先恐后地和老人玩捉迷藏的游戏。老人弯腰费力地将它们一个个拾捡起来，每捡起一个，都会轻轻地用袖口拭去上面的尘灰，像在摩挲自己孩子的头。

老人像找宝一样搜寻着整个车厢，满车厢的人热心地为老人指点一个个苹果的藏身之所，却没有一个人帮他捡拾。他不停地数着自己篮子里的苹果，老感觉少了一个。他就在每个人的座位底下不厌其烦地一遍遍搜寻着，那个不肯回家的苹果，像那个最淘气的孩子，似乎在使尽办法不让老人找到它。

　　这时，坐在后排的一个穿着高跟鞋的女人感觉到自己的脚碰到了什么圆滚滚的东西，她低头一看，正是老人掉落的苹果。她用她的高跟鞋钩到那个苹果，然后用脚尖用力一踢，整套动作像球星摆弄足球一样熟练。果然，那个苹果不偏不倚正好停在老人的脚边。与此同时，女人旁边的一个男人已经开始为她精准的脚法叫好了。

　　老人望着脚下的苹果，脸上泛起一抹潮红，没有一丝犹豫就把它捡起来握在手里。但是奇怪的是，他没有用他的袖口擦拭它，也没有将它放到篮子里，只是不停地念叨着，说可惜了这个苹果。

　　老人到站下车了。透过车窗，我看到他走到一个垃圾箱前，把手里握着的那个苹果扔了进去，嘴里仍旧在不停地嘟囔着什么。风把他的话时断时续地吹到我的耳边："唉，这个苹果被糟蹋了，多可惜啊……"

　　老人不肯带那个被伤了尊严的苹果回家。

　　我的脸立时红了起来。我不知道别人是否看到了这一幕，他们是否也会脸红？我为自己的这一趟旅行感到难过，为自己是这个车厢里的一分子感到羞愧。那个穿着高跟鞋的脚法精妙的女人如果看到这一幕，会把脸藏到哪里去呢?

　　老人扔掉的是一个被蹂躏的苹果，但他拾捡回来的，是穷人的一颗充满尊严的心。老人失落的，仅仅是一颗苹果，而我们失落的，却是心中的一棵树。

风是父亲的苦难

我一生的泪水中，父亲，是最大的一颗。

起风了。我与风并无恩怨，只是，它的每一次到来，都会吹落我心头的泪水。我的泪水为父亲而流，我一生的泪水中，父亲，是最大的一颗。

风，对着一棵树推来搡去，像推搡一个人的命运。那棵树像父亲，看着瘦削，却苍劲有力，我们是他的儿女，一根根枝条，健康地成长，向着不同的方向。

记忆中，父亲从来都是不惧怕风的，再大的风都没阻挡过他回家。

起风了，炊烟醉了酒一般东倒西歪。邻居家的菜肴香味飘进来，父亲咂咂嘴，似乎就着这香味就可以下饭了。别人家的好味道可以刮进来，别人家的好日子却刮不进来，别人家的好味道只会让父亲碗里的咸菜更咸。

风总是围着父亲打转。忙着在父亲的脸上雕刻沧桑，忙着在父亲的手掌堆积老茧，忙着在父亲的头发里掩埋霜花……父亲无法阻挡那风，我们也没有办法。那肆无忌惮的风，就像刻意蹂躏父亲的命运，但是父亲始终挺立着，尽管背已微驼。

风像鞭子，抽打着父亲这个陀螺，一生都无法停止劳作。因为决策失误，我和哥哥一起经营的公司倒闭，还欠下很多债务。退休在家的父亲不得不重新披挂上阵，开了一个汽车修理铺，要赚钱替我们还债。我们这些不争气的儿女，不仅没能让父母过上衣食无忧的好日子，还给他们添了沉重的负担。那日回老家，看到父亲顶着花白的头发，在修补一个个轮胎，风中充斥的是父亲的汗味和满身的油渍味道，呛出了我们的泪水。

我们劝父亲不要干了，他挣的钱对于我们的债务来说，无异于杯水车薪。可是父亲执拗得很，他说，欠下的就要还，还一点算一点，你们后背上扛着大山，我没办法替你们搬掉，就替你们卸几块石头吧。

就为了替我们卸几块石头，父亲把本该安享的晚年抛给了风。

后来，我们的公司在朋友的资助下重新运营了起来，所有的债务都还清了。只是，欠父亲的那份债，怕是一生都无法偿还的。

一个叫杨康的大学生诗人写过一首关于父亲的诗《我不喜欢有风的日子》，我很是喜欢：

"……风吹散了父亲刚刚倒出来的水泥，风又把水泥吹到老板身上，吹到父亲眼里。这可恶的风，就这样白白吹走，父亲的半斤汗水……"

诗中的父亲与我的父亲极为相似——为了一家老小，在风中挥汗如雨，读来让人心酸。

那是个当民工的父亲，在工地上辛苦劳作，吃不饱睡不好，恶劣的环境总是雪上添霜，就像顽皮的老鼠，在冬天的夜里啃碎了穷人唯一的棉衣。做儿子的，唯一的企盼，就是让风吹得轻一点，再轻一点，别让那水泥和白灰迷了父亲的眼；别让风吹凉了他碗里的白菜汤，因为馒头是冷硬的；别让风吹得脚手架晃动不停，因为父亲年龄大了，腿脚不再灵便，也经常会头晕；别让风把雨带来，那样工棚里就到处湿漉漉的，父亲的风湿病就会发作；别让风声大过了他口袋里那个破半导体的声响，因为他时刻关注着自己的儿子所在城市的消息，那里发生的每一次流感都会令他忐忑不安，那里发生的每一起事故都会令他胆战心惊……

这就是父亲，每日里挥洒的汗水不止半斤，我想我和杨康也有不一样的地方，我一方面不希望起风，另一个方面又想让风给父亲擦擦汗。

只是风啊，千万不要来得太急，请你慢点儿来，轻点儿吹，因为父亲越来越瘦弱，靠一柄拐杖活着，任何一场猛烈的风，都有可能让他趔趄，甚至摔倒。

父亲就像那柄拐杖，被我们握得越来越光滑，却令我们站得越来越稳。

父亲曾经不止一次对我们说，起风的时候，就想想家，回来看看吧。

一直不明白父亲为何如此说，现在我明白了，诗人杨康也明白了，他的诗句替我的心做了解答：

"我不喜欢有风的日子，风是父亲的苦难。我怕什么时候风一吹，就把我的父亲，从这个世界，吹到另一个世界。"

向美好的旧日时光道歉

旧日时光，尽管琐碎，却那般美好。

美好的旧日时光，渐行渐远。在我的稿纸上，它们是代表怅惘的省略的句点；在我的书架上，它们是那本装帧精美，却蒙了尘灰的诗集；在我的抽屉里，它们是那张每个人都在微笑的合影；在我的梦里，它们是我朦胧中喊出的一个个名字；在我的口袋里，它们是一句句最贴心的劝语忠言……

现在，我坐在深秋的藤椅里，它们就是纷纷坠落的叶子。我尽可能地去接住那些叶子，不想让时光把它们摔疼了。

这是我向它们道歉的唯一方式。

向纷纷远去的友人们道歉，我已经不知道一封信应该怎样开头，怎样结尾。更不知道，字里行间，应该迈着怎样的步子。

向得而复失的一颗颗心道歉。我没有珍惜你们，唯有企盼，上天眷顾我，让那一颗颗真诚的心，失而复得。

向那些正在远去的老手艺道歉，我没能看过一场真正的皮影戏，没能找一个老木匠做一个碗柜，没能找老裁缝做一件袍子，没能找一个"剃头担子"剃一次头……

向美好的旧日时光道歉，因为我甚至没有时间怀念，连梦都被挤占了。

我们走得太快，与生命中的一些美丽景致擦肩而过。正如电影《大城小事》里面的一句台词：我们太快地相识，太快地接吻，太快地发生关系，然后又太快地厌倦对方。看来，都是快惹的祸！在这点上，老祖宗都比我们有智慧，他们说，心急吃不了热豆腐。

旧日时光，尽管琐碎，却那般美好。

"琐碎"这个词仿佛让我看到这样一个老人，在异国他乡某个城市的下午，凝视着广场上淡然行走的白鸽，前生往事的一点一滴慢慢涌上心来：委屈、甜蜜、辛酸、光荣……所有的所有在眼前就是一些琐碎的忧郁，却又透着香气。

其实生活中有很多让人愉悦的东西，它们就是那些散落在角落里的不起眼的碎片，那些暗香，需要唤醒，需要传递。

就像两个人的幸福，可以很小，小到只是静静地坐在一起感受对方的气息；小到跟在他身后踩着他的脚印一步步走下去；小到用她准备画图的硬币猜正反面；小到一起坐在路边猜下一个走过的是男的还是女的……幸福的滋味，就像做饭一样，有咸，有甜，有苦，有辣，口味多多，只有自己体味得到。

但人性中也往往有这样的弱点：回忆是一个很奇怪的筛子，它留下的总是自己的好和别人的坏。所以免不了心浮气躁，以至于总想从镜子里看到自己十年后的模样。如今，十年后的自己又开始怀想十年前的模样了，因为在鬓角，看见了零星的雪。

轻狂年少，恣意挥霍着彼此的情感，在无数个夜里，我为曾经的伤害而忏悔。经历了千山万水和种种磨难之后才知道，爱人才是最后一盏照耀我的灯。这最后一盏让我复活的灯，微弱却坚强地亮着，让整个夜晚，让我的内心，无比明亮，时时刻刻为我的灵魂指引方向。所以我留着那些忏悔的眼泪，用来换取明天通往幸福港湾的船票。

向美好的旧日时光道歉，因为我的不慎重，将你们失手打碎。从此我的心，变成无底的杯子。

向美好的旧日时光道歉，因为我的不珍惜，将你们丢在脑后。友情的树，爱情的花，一个孤零，一个凋落。

友人，如果你们听到了这些啰啰唆唆的话，请告诉我，这个周末的火炉旁，暖意融融，能饮一杯否？

爱人，如果你读到了这些絮絮叨叨的文字，请告诉我，停在你门前的那三匹马的车子，还能否，载得回你的深情？

霞光是太阳开出的花

她在里面，阳光在外面。

一个春天，阳光普照、鸟啭莺啼、百花盛开，每一处都是让人流连的花园。但这一切，和一个人无关，因为她是一个看不见任何事物的女孩，从出生的那一刻开始，上帝就在她和世界之间，关上了一扇重重的铁门。她在里面，阳光在外面。

她多想有一双机灵活泼的眼睛，闪烁着去捕捉一个个美好的镜头，然后拿到心头去冲洗、复印，再存放到人生的相簿里，慢慢回味。然而这一切，都只是永远无法实现的奢望。她没有看过一眼这个世界。

既然来到了这个世界，就不能总是背着身子哭泣。母亲说，虽然没有眼睛，你还有一双手，可以触摸世界。

是的，她有一双美丽而修长的手。

母亲为她描述世界的样子，阳光、风、水、云朵、落叶……于是，她就把所有能触摸到的火热的事物，都称为阳光，把所有能触摸到的冰凉的事物，都称为水；当风从她的指缝间慢慢划过，她感受到了温柔的力量，她会沉醉，感叹世界的美好。

一只毛毛狗伏在她脚下，她会说：哦，多可爱的云朵。

她握着手里厚厚的广告传单，说：这么多的落叶。

她微笑着，小心碰触着她的世界，缓缓地移动脚步。

人们说：这孩子的脸，像霞光一样灿烂。

她问母亲：霞光是什么？母亲说：是太阳开了花。

她便把霞光当成了世界上最美丽的事物，珍藏在心底。

母亲领她去听音乐会，在那里，她喜欢上了钢琴。母亲便领她去见一个钢琴教师。那教师说：多好的一双手，天生就该用来抚摸琴键。

与钢琴的邂逅，让她的人生有了精彩的翅膀。当她碰到那琴键，便听到了那些音符蹦跳着跑出来，忽高忽低，像她澎湃的心。

她惊讶地发现，整个世界都在琴键上呢。天空、海洋、更迭的四季，包括那令人神往的霞光。

母亲卖掉了大房子，换来的小房子里，家徒四壁，空空荡荡，却多了一架钢琴。母亲把自己的生活拆得七零八落，却把世界完整地搬到了她的面前。

邻居们找上门来，说这嘈杂的琴声扰得他们无法休息。母亲只得不停地给邻居们赔不是。她的心开始动摇了，她不想因为自己混乱的琴声扰了别人。

母亲说：上帝为每个人都安装了灵魂，那些灵魂分布在人身体的不同角落。你很特别，上帝把你的灵魂装到了指尖上，你的手指天生就该是用来弹琴的。

母亲挨家挨户地去解释，告诉他们，她是一个看不见世界的人，正在摸索着用琴声走路。邻居们的心便齐刷刷地柔软了。

她的琴声渐渐有了韵律，不再那样嘈杂。当那美妙的琴声响起，所有的人都知道，她又在和世界说话了。

有一天，母亲兴奋地对她说，邻居们在小区广场搭了个台子，想请她开一个演奏会。她不敢相信这个事实。那一夜，她无法安睡。飘荡在眼前的，都是幸福的花瓣和快乐的羽毛。

坐在钢琴旁，她像一个天使，脸上霞光灿烂。她优雅地弹琴，用她美丽的指尖指挥着那些快乐的音符，那些蹦蹦跳跳的音符马上变成了动听的旋律，盘旋在人们的耳畔。她惊讶自己的双手，如同附了神奇的魔力一般，在琴键上流畅自如，得心应手。

她想母亲说的或许是对的，上帝把她的灵魂放到了手指的末端。透过琴声，她向世界撒着大把大把的鲜花。人们不停地拍着手，潮水般的掌声将她摆渡到幸福的渡口。

母亲终于哭了，她为孩子找回了她的世界：阳光普照、鸟啭莺啼、百花盛开……

　　母亲拿着毛巾去擦拭她脸上的汗水，她紧紧握住了母亲的手，她对母亲说，她终于看到了霞光。

　　她说，霞光是自己的心开了花。

落叶是疲倦的蝴蝶

每个离开村庄的人，都带走了一片绿叶，却留下一条根。

夕阳老去，西风渐紧。

叶落了，秋就乘着落叶来了。秋来了，人就随着秋瘦了，随着秋愁了。

但金黄的落叶没有哀愁，它懂得如何在秋风中安慰自己，它知道，自己的沉睡是为了新的醒来。

落叶有落叶的好处，可以不再陷入爱情的纠葛了；落叶有落叶的美，它是疲倦了的蝴蝶。

我甚至感觉到落下来的叶子们轻轻地欢呼着。

那一刻，我的心微微一颤，仿佛众多纷纷下落的叶子中的一枚。

我看到了故乡，看到了老家门前那棵生生不息的老树，看到了炊烟因为游子的归来而晃动。对于远走他乡的脚，对于飞上天空的翅膀，炊烟是永不能扯断的绳子。就像路口的大树，它的枝干指着许多的路，而起点只有一个，终点也只有一个，每个离开村庄的人，都带走了一片绿叶，却留下一条根。

我看到了故乡的山崖，看到石头在山崖上，和花朵一起争着绽放，看到羊在山崖上，和云一起争着飘荡。

我看到了我的屋檐，冬天时结满冰凌，夏天时絮满鸟鸣，一串红辣椒常常被看作是穷日子里的火种。守着屋檐上下翻飞的麻雀，总是那么和谐地与庄户人家好好地过着日子。

时时刻刻缠绕着那颗在路上的心，就是这个屋檐。

我看到了母亲，为了不让我们在冬天里挨冻，她拾起一截截枯树的枝丫，犹如把那些破碎的日子一一点缀。然后，把温暖交到我们手上。

母亲的柴垛越码越高，母亲却越来越矮。

我看到母亲那对干瘪的乳房，像两只残缺不整的讨饭的碗，却为我们讨来了一生的盛宴。

母亲在灶坑底下点燃的红色的昏暗的火焰，成了那些夜里我们唯一可以依靠的小小肩膀，唯一可以握住的暖暖的手。

叶落归根，是我老了吗？我们花了很多时间去争取财富，却很少有时间享受；我们有越来越大的房子，住在家里的时间却越来越少；征服了外面的世界，对自己的内心世界却一无所知。

远行的人，是什么声音使你隐姓埋名？是什么风向将你吹往他乡？秋天就是这样，叶子纷纷抖落，把人的思念纷纷挂上枝头。

是该回去了，去看看那棵生下我，让我因成长而绿，又让我因成熟而黄的大树。还有在落叶里沉睡着的母亲。

母亲，我匆匆的脚步就是您密密缝合的针脚。

母亲，背着破烂行李的我要归来，找到了天堂的我也要归来。

一层层落叶铺在回家的路上，我要踩着温暖的地毯去看望母亲，母亲也像这落叶，从灿烂的枝头缓缓地落下来。只是，她没有再醒来。

这个世界，能留住人的不是房屋，能带走人的不是道路。岁月无法伸出一只手，替你抓住过往的云。如果一切还能重新捡拾回来，母亲，我要拾取你的笑容、脚步和风，用你的爱作灯油，用你的善良作捻儿，我要点燃它，放到心里。一辈子不忘回家的路。

天冷了，树的叶子落下来，我似乎听见了它们在缓缓凝固。

天冷了，它们一排一排站着，心中坚守着的秘密一阵阵地疼痛起来，但叶子落下来，掩盖了一切。

母亲去了，心灵没有了依靠，一下子就有了那种到处漏风的感觉，可是大风一直在刮，把故乡的尘土刮了个干净。我小小的故乡正被秋天一寸一寸包裹。

母亲的坟上有一棵树，那是我写给母亲的诗。每到秋天，叶子们就纷纷落下，把母亲的坟头遮盖得严严实实，那些在风中缓缓飘落的落叶，远远望去，像一群疲倦了的蝴蝶，静静地收拢着它们一生的美丽瞬间：一朵红晕，一个誓言，或者是简单的一声叹息。

让每一粒米都回家

众多的粮食中，母亲是最饱满的那粒米。

前几日，母亲来我家小住。女儿向垃圾筒里扔了一小块儿馒头，被她捡了出来，并把孩子训得哇哇直哭。妻子很不高兴，背地里和我说："至于吗，不就是一块儿馒头吗？"我说是的，母亲把粮食看得比什么都重要，因为母亲经历的挨饿的时光刻骨铭心。

母亲不止一次地说，她嫁给了一只碗。

那是在挨饿的岁月，父亲接济了母亲家里一碗米，母亲对父亲产生了好感，最后两个人成为了夫妻。这只碗是父母的媒人，被母亲一直珍藏着。

父亲感激那只碗，母亲也感激那只碗。那只大碗，被两个人小心翼翼地供着，闪着心满意足的光泽。

可结了婚之后，母亲仍旧是吃不饱的。因为日子实在太穷了，即便每天精打细算，也喂不饱一张张饥饿的嘴巴。

苦日子是一匹病马，驮不动快乐的梦想，甚至，炊烟，它都驮不动，你看，炊烟懒懒的，直不起腰来，大概是锅里没有多少米，炊烟都茁壮不起来，好像被苦日子抽去了魂一般。

空空的米缸，一家老小的胃，常常被母亲刮得生疼。

常常是，我们吃饱，母亲把锅里所剩无几的米粒用铲子铲起，然后加一瓢水，再加一把火，熬成稀汤汤的米粥，为数不多的米粒漂浮在碗里，装点着门面，那是母亲的饭。

一直到今天，母亲的"抠门"都是远近闻名的，剩饭剩菜从来都不舍得扔掉，甚至孩子们掉了一粒饭粒到桌子上，都会遭到她的一顿训斥。母亲实在是穷怕了，所以才这么珍惜每一粒米。

秋收的时候，母亲跟在收割机的后面，仔细捡拾着遗落掉的稻穗。对于母亲的这种行为，我们甚为不解，那么多的粮食，用机器来收割，难免会遗落一些的。与其在自己的地里费劲巴拉地捡拾那几株遗落的稻穗，不如去别人家的地里替人割稻子，割一天的稻子挣的钱够她捡多少天稻穗啊。

我们都嫌母亲不会算账。

可是母亲说："这是我自己种出来的粮食，我只是尽量让每一粒米都回家。就像我自己的孩子，你让他们流浪在外，心里总是不得劲儿呢！"

那日的夕阳里，我看到母亲佝偻着身子，一根一根地捡拾着稻穗，蓦然间感到，众多的粮食中，母亲是最饱满的那粒米。

农民诗人张凡修写过一首诗《母亲的胃》，读来甚是感人：

后半生。母亲的胃一直空着

一九六一年，母亲吃得太饱

那年的母亲给公社大食堂推磨

囫囵下许多生粮

不嚼。只暂时存在胃里

回家后用筷子捅进喉咙

一口，一口，再吐出来

未消化的粮食喂饱了奶奶，爷爷

也喂饱了爸爸和我

……熬过三年。后来习惯成自然

只要看一眼装过米饭的空碗

她就会将吃进去的东西吐出来

前年，母亲离我而去

没带走一粒粮食

多么伟大的母亲啊，她用她的胃"假公济私"，她用她的胃，储藏了亲人们一生的粮食。而她的孩子们，不仅吸吮她的乳汁，还掏空了她的胃。

如今，母亲变得越来越小，生活的大海碗啊，可以整个儿把母亲扣住。

我们过着丰润的日子，那是母亲用一双粗糙的手替我们打磨出来的。

我们丰盈着，而母亲却日益消瘦下去。持续的消瘦，让我担心有一天，她会变成我稿纸上的一滴墨汁。此刻，在火炉边为母亲熬药的我，唯有双手合十，微闭双眼，虔诚地祈祷。我希望我的祈祷，可以打开神的门。让旧日的木柴发出光来，感动那些最苦的草药，照亮母亲灰黄的脸庞，和尽量多的剩余时光。

每天多挖半米

父亲并没有停下来，而是催促我们起来，非要多挖出半米来。

小时候家里穷，一顿三餐几乎都是窝头加咸菜。我和哥哥没有穿过新衣服，都是捡城里的表哥们穿过的。家里有八亩多地，一家人的吃穿用全靠那块地打出的那点粮食。冬天农闲的时候，父亲就去城里打些零工贴补家用，不管生活怎样苦，我和哥哥始终都没有辍学。全家人勒紧裤腰带，硬是在牙缝里挤出了我们的学费。

13岁那年的冬天，我和哥哥的学费又涨了，尽管刚刚放假，可是我们却高兴不起来，都在为新学期的学费发愁。正巧有人来我们村包了一个工程，需要一些劳力去挖沟渠，我们一家三个男子汉都报了名。父亲沉重地说：如果挣不到钱，你们两个就必须要下来一个了。我和哥哥都在心里憋足了一股劲，要用自己的双手挣够自己下一期的学费。

哥哥比我大两岁，但瘦小得好像是我的弟弟。那个寒假，过得可真苦啊。头一天上工，天刚蒙蒙亮就起身，父亲说我们年龄小，干得慢，所以要抢时间，免得被别人落下太多。

包工头是个很干练的中年人，他看到父亲领着两个孩子来挖渠，以为我们只是来帮父亲干的。就给我们量出了 10 米，那是一个人的工作量。干完了就能挣到 10 块钱。父亲说，我们三个人哩！包工头问父亲："孩子能受得了吗？"父亲拍拍胸膛说没问题。包工头想了想说，那就给你们 20 米吧，总不能把孩子累坏了。

那天，我和哥哥的手都磨出了血泡，累得直不起腰来。包工头为我们画的线已经近在眼前了，可是干起来却像天涯那么遥远，怎么干也干不到头。父亲挥汗如雨，像马拉松运动员一样朝那个终点努力冲刺。终于，那个考验我们劳动极限的界线被父亲的铁锹铲破了，我和哥哥一屁股坐到地上，如释重负。可奇怪的是，父亲并没有停下来，而是催促我们起来，非要多挖出半米来。我们有些不解，别人干的都是正正好好的，一毫米都不多挖。

"为什么要多挖半米？"看到那些干完活的人，坐在那里眯着眼抽着烟，等着包工头来验收给工钱，我终于忍不住问了父亲。母亲来送饭时，也埋怨父亲："干吗多挖半米，白挨累。"

父亲没有回答，仍旧奋力挖着沟渠。我们知道父亲的脾气，不敢再多言语。

就这样，每天我们都要比别人多挖出半米来，我和哥哥咬牙坚持了十多天，挣钱的同时也积攒了一肚子对父亲的怨气。

有一天，包工头给过我们工钱后，让我们到他的临时办公室去一趟。父亲开始忐忑不安起来，仿佛自言自语地对我们说，看来咱爷仨的活干不长远了。

父亲的担心不无道理。看到挖沟渠来钱快，邻村的壮劳力也纷纷过来报名，自然是要挤掉一些人的。父亲很紧张，生怕他的担心变成事实。包工头问父亲，"我发现你们总是比别人多挖出半米，为什么？"父亲老老实实地回答说："这年头，找个活不容易，我寻思多干点，这饭碗就能端得长远点，孩子也能继续念书了……"父亲的话让包工头笑了起来。在此之前，我几乎没有看到过这个干练的中年男人笑过。他向父亲伸出了厚实的手掌，对父亲说："我姓刘，以后叫我老刘就行。"

是父亲的坦诚和老实得以让我们继续端着手中的饭碗。工地上每天都在减人，每天又有新的劳力来，而我们爷仨，却始终站住了脚跟。我和哥哥不仅挣够了自己的学费，还有了些结余，父亲叫我们用剩下的钱为自己添些文具什么的。我和哥哥高兴坏了，去书店买了几本梦寐以求的课外书籍。那些受过的苦累，早已忘得一干二净，对父亲的怨气不但消散一空，而且还变成了感激。到现在，我还珍藏着那两本用自己的汗水换来的书：《高尔基短篇小说选》和《鲁迅选集》。那是我汲取到的第一滴文学的雨露，它使我受益匪浅。

后来，老刘有一个更大的项目急着去承包，他想找个帮手帮他打点这里的活。说来奇怪，他竟然想到了父亲。父亲低着头不停地搓着手憨憨地问："俺行吗？"老刘学着父亲当初为我们下保证的腔调拍拍父亲的胸膛说："没问题。"父亲笑了："那俺就试试。"

父亲的坦诚和一丝不苟的认真劲这下子可派上了用场，他把老刘交给他的活打理得有声有色。

我们庆幸自己挣够了自己的学费，没有辍学。哥哥后来考上了一所名牌大学，成为我们村的骄傲。而我因为接触了那用自己的汗水换来的两本书，开始喜欢上了写作，作文总是被老师拿来当作范文给同学们读。再后来，我就开始发表文章了，文字成了我生命中不可或缺的血液。

而父亲呢，因为老刘要去南方发展，他把本地的活都交给了父亲来做，父亲渐渐把工程做大，在我们这一带竟然小有影响了。他和老刘也成了最要好的朋友，常常在夜里没完没了地煲"电话粥"。

而这所有的一切，均源于父亲那多挖半米的劳动。

画在手腕上的表

你要融进这个世界，才能知道这个世界是多么美好。

小时候画在手上的表没有动，却带走了我们最好的时光。

——题记

小时候，由于个头过于矮小，那份自卑让我的性格变得孤僻内向，一个朋友都没有。父母担心我长此以往，会得忧郁症，所以变着法儿让我走出家门，和邻居家的孩子们去玩耍。

有一天，父亲故意把我带到门外，然后偷偷地把家门锁上，借故有事先离开了，让我自己先玩一会儿。那些孩子过来招呼我和他们一起玩儿，我却觉得他们浑身脏兮兮的，没搭理他们。他们把我当成了怪物，对着我指指点点，说一些难听的话。

我气急了，捡起地上的石块儿向他们扔过去，砸到了其中一个小孩的头上，鲜血直流。

受伤孩子的家长找上门来，与父亲理论。父亲自知理亏，小心地赔着不是，说着软话，并赔偿了不少医药费。

我懦懦地蹲在墙角，等着父亲的责骂。可是父亲并没有责怪我，只是，我听到了他很沉重的叹息。那两声叹息，就像两根毛线，缠到一起，纠结出一个无法解开的疙瘩。

我是一个问题孩子。我也想打开自己的心，可是我做不到。我害怕这个世界，害怕大狼狗，害怕闪电，害怕陌生人的眼睛，甚至害怕自己的影子。还是家里安全可靠，我宁愿锁上房门，自己独处。

老师来家访，对父亲说起我，"哪儿都好，就是太孤僻，太不爱说话了，几乎从来不与别的孩子交流。"

老师没有"灵丹妙药"，父母亦无计可施，叹息的声音越来越沉重。而我并不想成为他们的负担，所以很用功地学习，成绩在班级里一直都是名列前茅的，这多少让父母得到一些安慰。

那年生日，父亲破例给我买了一个礼物——足球。对于我们这个穷困家庭，这真的是一个很奢侈的礼物。我却表现得不那么惊喜，因为足球要好几个人踢，而我只有和我自己的影子踢。我已经不再怕我的影子了，它是我唯一的好伙伴。

父亲的良苦用心我倒是懂得，只是我很难走出拥抱世界的第一步。父亲开导我说："个子矮怕什么，别说你还会长身体，就算不长了，就这么高了，也不代表你就比别人差。潘长江还矮呢，可人家没有看不起自己，还说自己是浓缩的精品，成为红遍大江南北的笑星呢。"

父亲拿出一支圆珠笔，轻轻地在我的手腕上画了一块表。然后对我说："你看啊，这画在手腕上的手表，虽然不动，却不耽误时间走啊。"

我没听懂父亲话语的意思，父亲摸摸我的头，接着说："傻孩子，你就是这块画在手腕上的手表，你停留在自己的时间和世界里，不知道外面是何种天气，什么样的景致，我希望有一天，送你一块真正的手表，那样就能和世界同步了。别忘了，这个世界不光只有你自己。你要融进这个世界，才能知道这个世界是多么美好。"

我知道，父亲送我足球，给我画手表，都是想让我走出自己的狭小世界。我想，既然可以不再怕自己的影子，那么也可以不再怕那些活生生的人啊。仿佛点破了一层窗户纸一样，我开始试着与别人交流。从向同桌借一块橡皮开始，到帮助别的同学讲一道习题，我发现，当我主动与他们交往，他们不但没有排斥我，反而给了我极大的热情，就像那红彤彤的阳光，泼了我满满的一身。我那黑暗的角落，终于金光闪闪。同学们不再把我当孤僻的"怪物"，我走到了阳光里。

终于懂得，不管疼痛还是快乐，都不该一个人。要学会承担和分享，有人为你承担疼痛，疼痛就减轻了一半；有人与你分享快乐，那快乐就成了海洋。

我拿出我的足球，和伙伴们一起奔跑在草地上，那一刻，我感觉到了快乐的风，在我耳边呼啸而过。原来，世界是可以用这样的方式来绽放的啊！

又一个生日，家里依然是捉襟见肘。父亲没钱给我买一块手表。我学着他的样子，在自己的手腕上画了一块手表。父亲看到了，摸摸我的头说："知道你喜欢，等爸有了闲钱就给你买一块真的。这个假手表，不会动啊。"

"不，爸爸。它在走动，不信你听。"我把手腕送到父亲耳边。

"嗯，是在走动。"父亲应和着我。

季夫老师的精神钙片

这粒干瘪的种子，是我们的精神钙片。

季夫老师是我的语文老师，也是我初三时的班主任。他贫穷、瘦弱，像一粒干瘪的种子。

父亲说，季夫老师是我们村子里第一个大学生，他应该留在大城市，不该回来。

我的父亲是季夫老师在这个村子里唯一可以谈心的朋友。"是啊，不该回到这片贫瘠的土地上来，做一粒干瘪的种子。"季夫老师在和父亲喝完酒后，偶尔也会表露出他的遗憾。但更多的时间里，我感受的是他对我们孜孜不倦的爱和教育。

在我的印象中，季夫老师始终是个干干净净、轻轻飘飘的人，甚至于走路带不起一粒尘土，举手投足扇不起一阵微风。一件中山装已经洗得发白，却总是板板正正，没有一丝岁月的尘灰与褶皱。

他喜欢给我们讲故事，并通过一个个故事传递给我们做人的道理。听他的故事，如同泉水滋润心灵，干净、舒适。

他讲的课也是干净的。教书的时候，他没有丝毫旁骛。课堂变成了他的舞台，他在那里忘我地演出，而我们的好成绩便是献给他的掌声。

我因留级才有幸来到季夫老师的班级，得以接受一生难以忘怀的教育的。

那时，我在骨子里瞧不起留级生，可是没想到，自己有一天也做了一回"蹲级包子"。为了能够考上县里的重点高中，在父母的一再坚持下，我只好选择留级。我忐忑不安地来到班级，季夫老师是这样向同学们介绍我的："让我们大家向他祝贺，同一个年级读两次，他是幸运的。因为他可以得到双倍的同学和朋友。"同学们真诚地为我鼓掌，我真诚地向他们鞠躬。

那是我既艰苦又美好的初三生活。

中考前的一个月，季夫老师和家长们商量，让学生们吃住在学校，以全力备考。那一个月是我生命中最难熬的日子，常常因为压力大而失眠。为了保证学生们能安然入睡，季夫老师每天临睡前都给我们吃一粒安定片，直到顺利通过中考。没有人怀疑是这一粒小小的安定，给了我们莫大的帮助。考试成绩下来了，我们班是全校考得最好的，15个人考上了县重点高中，其中包括我这个留级生。那天，季夫老师很激动，并告诉了我们一个秘密，他每天给我们吃的只不过是一粒钙片而已。

季夫老师的钙片，让我们的精神之树无比茁壮。

季夫老师，一肩明月两袖清风，因为干净而清贫，也因为清贫而干净。其实他本不必如此清贫的，他在城里的一个位高权重的老同学有意帮他走出这个小村子，去更广阔的天地。他很倔强，他不走，他说他是扎根在这村子里的一棵老树，换了地方就会水土不服。

他不走，他要把一切都留在这个村子里。他在这里出生，也要在这里逝去。

暑假回家的时候，我听到了季夫老师去世的消息。父亲和我说，季夫老师是在讲台上晕倒的，他的一辈子都是在这讲台上度过的。

我去了季夫老师的讲台，依稀能够感觉到他的呼吸。我看到黑板上依然留着他的笔迹，那是他为孩子们上的最后一课：有的人死了，他还活着……没想到，这段诗歌竟成了他的悼词。

多么贴切的悼词！

其实季夫老师是太过劳累了，师母常年卧病在床，里里外外都需要他一个人来打理；而对学生，他又是竭尽了全力，他透支了自己的生命。那一刻，我真正懂得了呕心沥血的含义。

季夫老师，从没有大声与我们说过话，但他的声音却能很深地穿透我们的灵魂。

季夫老师，整天一副弱不禁风的样子。但羸弱的他在黑板上写字的时候，却是颇有力道的，他能写出一手漂亮的正楷，规规矩矩的字，像他正大光明的人。

季夫老师，这粒干瘪的种子，是我们的精神钙片。

和生命拉钩

生命需要爱来传递。爱，会让生命生生不息。

那时我在医院做阑尾炎手术，五岁的女儿像个小大人似的跑前跑后地照顾我，让疼痛不知不觉地远离了我。她就像一个小小的太阳，走到哪里，就在哪里点燃一个春天，春意盎然，鸟语花香。女儿的乖巧使得病房里的每个人都很喜欢她，尤其是邻床的一个老太太，是个重病患者，行动很不方便，连说话都很吃力的样子，可是每当看到我的女儿，她的一双眼睛便闪着光亮，跟着她的身影不停地转动。

女儿也喜欢她，偷偷跟我说她像她死去的奶奶。她常常爬到老人的床上去，缠着她讲故事。老人的故事很好听，就连我们这些大人有时候都会听得入神。但是很显然，她很累，每讲完一个故事，额头上都会沁出一颗颗豆大的汗珠来。但每隔一会儿，她还会把女儿叫过去，接着给她讲故事，她知道这是她唯一可以让孩子坐到她床边的办法。在讲过第5个故事之后，她咯血了。护士一边批评她一边给她按摩，她憨憨地笑着说："俺只想跟孩子多说会儿话。"

医生说她的病情非常严重，生命是靠药物来维持着的。当初是一个好心人救了她，把她送到医院来的，她靠拾荒为生，一个亲人都没有，拿不出钱来治病。医院在为她垫付了两千多元后，召开了紧急会议，就是否继续为老人提供无偿治疗展开讨论，最后大多数人都认为那是一个"无底洞"，而医院毕竟不是慈善机构，都同意给老人停药。

停药就意味着宣判了她的死刑。在拔掉那些针管之前，几个善良的医生凑钱给她买了新衣服。在给她穿新衣服的时候，护士们低声和我们说，或许那是她的最后一个夜晚了。

她也意识到属于自己的时间已经不多了，她和护士说出了她的心愿。

谁都没有想到，她最后的心愿竟然是想搂搂我的女儿。连她自己都觉得这个要求是那样"过分"，谁会和一个将死的人躺在一个被窝里啊！医生向我们转达了她的愿望，我们甚至来不及思考就一口回绝了。女儿不明就里，大声嚷嚷着要去，原因是可以听奶奶讲很多很多好听的故事。我完全可以理解一个没有亲人的老人将死时的那种孤寂，那是比死亡更可怕的黑暗。可是我不能，也不敢让小小的女儿那么小就那么近距离地懂得死亡的含义。我叫家人把孩子领回家。孩子噘着嘴，很不情愿地跟着家人离开了。忽然，她像丢了什么东西似的又跑了回来。她来到老人床边，在老人耳边小声嘀咕着什么，还神秘兮兮地把手伸进老人的被窝里。我们看到，老人微笑着向她点了点头，仿佛她们之间已经达成了某种默契一样。

小小的太阳走了，病房里顿时变成了萧瑟的秋天，处处弥散着衰败和哀伤的味道。

那个夜里，我很难入睡。我在想自己是不是太自私了，一个孤苦无依的老人，在她生命的最后，想得到哪怕是片刻的亲情，而我却狠心地拒绝了，掐灭了她生命里最后一丝火苗。想到这里，我不禁有些愧疚，朝她那里望过去，借着月光，我看到老人的身子不停地抖动着，但是没有一声痛苦的呻吟。我想她是在死亡的边缘挣扎吧，却没有一个人，没有一双手可以帮帮她。那个夜晚很平静，没有因为死亡临近一个生命而感动惊惧，窗外的月光反而有些美丽，我不停地在想一个问题：女儿和老人偷偷地说了什么呢？

第二天早晨，护士来给老人把脉，发现老人的脉搏跳动正常，老人还活着，而且呼吸还比前些天顺畅了许多。

第三天，老人说她有饿的感觉了。她喝了我的家人为她熬的鸡汤。

接下来的几天里，老人一天比一天好了起来，让人不可思议的是，她能自己支撑着坐起来了。这在我们这个医学落后的城市，完全可以称得上是一个奇迹。

一周后，女儿来了，她给老人带来了一个毛茸茸的布娃娃，她说那个布娃娃就是她，让奶奶晚上搂着睡觉，就和搂着她一样。老人的眼睛又开始闪着光亮，跟着她的身影不停地转动。

女儿忽然"严肃"了起来，她握住老人的手，当着所有人的面，对我说："爸爸，我又有奶奶了，我想让奶奶回家去住。"

我被这突如其来的"郑重决定"弄了个措手不及。女儿说她离开医院的那天，跟老人许下了一个诺言，她让老人等她，她要给她一个大布娃娃，还要认她做奶奶。"说话就要算数，我们还拉钩了呢，"女儿怕我不同意，强调说："拉钩，上吊，一百年不许变……"

我使劲地点了点头，眼里满含泪水。为老人，也为我的女儿。那一刻，我感到小小的女儿是那样伟大，她让我们这些大人们感到汗颜，无地自容。

院长听说了女儿和老人拉钩的故事之后，又一次召开了紧急会议，决定尽全力医治老人的病。"就算是为了一个孩子纯真的心愿。"那是院长在会议上说的最后一句话。

这个世界上每天都有奇迹发生，但我亲身经历的这个奇迹，更加让我刻骨铭心，它是由一个孩子和一个老人共同创造出来的。

老人出院，住到我们家来。女儿终于如愿以偿地睡到了老人的身边，她又缠着老人讲故事了。老人有些累，说明天给你讲两个，把今天的补上。"好，拉钩。"我又听到女儿说："拉钩，上吊，一百年不许变。"

这个五岁的小小的太阳，将她的世界照耀得春意盎然，生机勃勃。

夜里的时候，我过来给她们盖被子，我看到那双嫩嫩的胖乎乎的小手和那双骨瘦如柴的苍老的手握在了一起，像一幅摄影作品，极尽和谐之美。像这个世界某个地方正在完成的某种仪式，向我暗示着一种生命的真谛：生命需要爱来传递；爱，会让生命生生不息。

从故乡出发的雪

从故乡出发的雪，是一粒粒精神的药片，正在为城市流行的种种病症止痛。

母亲说："我放出去的小羊羔，还能找到回家的路吗？"

故乡正下着雪。

而我居住的这个城市没有雪花。城市的枝头只剩下星星。

我累了，似乎连一瓣雪花都难以承受。

在城市上空，我总能看见一只只无处栖身的孤独的鸟，它们飞得精疲力竭。这时候我就想有一座低矮的茅屋，让那些孤独的鸟在我的屋檐下筑巢，听着它们叽叽喳喳的声音，世界才真的静了。看着它们在空中忙忙碌碌织出一场场爱情，世界才真的美了。

那座低矮的茅屋，就成了天堂。

我的眼睛被故乡飘来的雪遮住，什么也看不见。现在，我唯一能做的就是用睫毛将往事的雪轻轻扫起，堆在冬天的一个小小角落里，堆出一个很小很小的雪人。然后，我跟这个雪人对话。

我问它，我的亲人们过得好吗？我的朋友们过得好吗？我曾经的爱还在路上行走吗？

它却答非所问，这里的雪真美！可以覆盖你的忧伤、你的烦恼，让你生不出一丝欲望和邪念，只剩下爱，陪着雪花生生不息……

我感觉被针扎了一下，又扎了一下，那个小雪人在唤醒我记忆中的苍白灵魂，并让每一处被针扎过的地方都流出真实的忏悔的血。

在一个周末的夜晚，我路过一个工厂，看见几个打工的"外来妹"抱在一起痛哭。我停下来，想知道她们为什么哭得这样伤心。过了一会儿，我听见其中一个哭着说："我想我娘，我要回家。"然后她们一起在夜色中喊着："我要回家！"那声音在夜空中久久回荡，在我的心头久久地悬浮着，永不落下。

我要回家。我累了，欲望的梯子伸入云霄，我不想再爬。

从故乡出发的雪，是一粒粒精神的药片，正在为城市流行的种种病症止痛。

感谢上帝，没有给老虎插上翅膀

没有大学，也不是绝路，只不过换了一条道路而已。

19岁那年，我高考落榜。在那些灰暗的日子里，我整天蜷缩在家里，无所事事。生活仿佛走进了死胡同，青春的一切美好都离我远去，包括那些曾经令我热血澎湃的梦想。我像一个输光了一切的赌徒，一夜之间变得一无所有。巨大的空虚吞噬着我，我的灵魂飘忽不定，居无定所。

我开始自暴自弃，妄图毁掉生活中一切完美的东西。每毁灭一样东西，我都会幸灾乐祸，洋洋得意。母亲的苦口婆心于我是左耳进右耳出，父亲的严词厉语也没有丝毫作用，渐渐对我生出绝望之心。

二龙家的玻璃是茶色的，很漂亮，我就让它碎成几块；冬子的山地车很酷，我就常常放它的气……我活得不自在，你们也别太快乐，这就是我当时唯一的想法。

所有人都避开我，我没有朋友，就连头顶上的那个上帝，每天也是对我摇头叹息。

按说，比我惨的人很多，比如隔壁的四虎就是个彻头彻尾的倒霉蛋：一年前在建筑工地被重物砸断了右腿，一辈子离不开拐棍了；刚住了几天院，包工头就随便给了些补偿金，打发他回家；在回家的路上，他又被劫匪抢走了藏在内裤里的钱袋，最后靠要饭才回到了家；可是倒霉的事情还没结束，回到家后他发现家里冷冷清清，原来，他的老婆早已经自力更生，另谋出路去了。

取笑这个倒霉蛋，便成了我每天的必备节目。有时候，我会趁他睡觉的工夫把他的拐棍偷走，让他求我，这样我就可以要求他给点"小费"买皮蛋吃。我也知道，他靠编筐挣点钱不容易，可是自己就像潘多拉盒子里跑出来的魔鬼一样，每天不停地在他身上搞恶作剧。奇怪的是，他竟然不和我生气，总是那么笑呵呵地"哀求"我把拐棍还给他。他这宽容的后果，就是让我变本加厉地坏，恶魔似乎在我心里扎下了根。

和我相反，他的院子每天都很热闹，人们喜欢到他那里，和他聊天。他一边编筐一边和人说笑，脸上看不到一丝悲苦。我就对他说，你都残疾了，老婆也跟人跑了，你怎么还笑得出来？没想到他语出惊人：老天爷不给你碗，难道你就不吃饭了吗？

我知道，我说不过他，也没办法打击他，他似乎是一个超级乐观的人。

但事实很快证明，他也有情绪低落的时候，因为我看到了他的眼泪。

那天，我听到他吹笛子，尽管是欢快的曲调，却给人一种忧思。一只鸽子飞到了他的房顶上，那是他曾经养过的一只鸽子，灰白相间的鸽子，他认得，丢了很久之后又飞了回来。我用石子打它，却怎么也打不走。这一次他是真的急了，冲我大喊，让我不要打走它。我看到了他的眼角潮湿，亮晶晶的液体流了出来。于他，那是多么珍贵的珍珠啊。我从来没看见过他这个样子，吓了一跳。我躲进屋子里，看见他把自己吃的米拿出来撒到地上，慈爱地看着他的鸽子在那里一粒一粒地啄着。然后，就开始给鸽子做起鸽子窝来，一边做一边哼哼着难听的小曲。我想这只鸽子一定勾起了他的伤心往事，又或许是他在想，老婆会不会也像这鸽子一样，失而复得呢？

四虎依然那样快乐地生活着，他的院子里依旧热闹，鸽子也是上下翻飞，自取其乐。除了那个小小的"插曲"，看不到他有一丝异样。但就是这个小小的细节，让我窥到了他的精神世界。他不是不懂得疼，而是在用乐观消解着那些疼。

那些天，我的耳畔反反复复都是他的话：老天爷不给你碗，难道你就不吃饭了吗？

他是一个多么值得敬佩的人。我第一次有了这样的想法，并且开始为自己的种种行为感到可耻。我不再捉弄他，在一个晴朗的早晨，搬来一个梯子，偷偷把他做的鸽子窝放到了他的屋檐上。

父亲多次让我去他工作的工厂实习，我都不去，但那天晚上，我主动提出来要去上班。父母都很讶异，父亲还主动拥抱了我。

非洲有个谚语说，不要抱怨上帝创造了吃人的猛虎，相反，我们应该感谢上帝没有给老虎插上翅膀。非洲人相信命运，按照他们的说法，如果你运气好，打猎的时候"那该死的猎物连你的咳嗽声都听不见"。如果走了背运，连头顶上的水罐都会无缘无故地裂开。不过，他们对此依然表现得异常乐观。他们会说："如果头顶上的水罐裂了，那就趁机洗个澡吧。"按照这个逻辑，我是不是可以这样理解我现在的处境呢：你没有车子，意味着你还有太多的车子可挑选；你没有工作，意味着你还有太多的工作可应聘；你没有房子，意味着你还有更漂亮更舒适的房子可选择……你一无所有的同时，意味着你拥有一切可能。所以不管生活多苦，都笑笑吧！哪怕只是为了抚慰一下你的灵魂也好。

早上照镜子的时候，发现自己又会微笑了。没有大学，也不是绝路，只不过换了一条道路而已。父亲骑着老旧的自行车，我坐在后面，竟然轻轻哼起了小曲。估计和四虎哼的一样难听，要不然父亲怎么会在前面笑个不停呢！

那天夜里，我梦到了上帝。他有些措手不及，他无论如何也想不到，我这个连他都无力改变的不可救药的人，怎么转眼像换了个人似的？这个终日里对我摇头叹息的小老头儿，终于咧开嘴龇着牙笑了。

令我惊讶的是，他笑的时候，竟然和四虎一模一样。

第四辑
不要那么早吵醒太阳

死水尚且有微澜，何况是
有花有草、有风有雨的生
活，岂可就这样白白地沉
寂、默默地荒废了！

闻一闻父亲的味道

空气中留下咸咸的汗水的味道。父亲的味道。

我有一位生性懒散的同事，因为平时工作清闲，他每天到单位点个卯，然后就溜出去打打麻将，喝喝小酒，每日里逍遥自在地过活。

可是这几天，这位仁兄不知怎么了，突然开悟了一般，不但按时上下班，还捧着一本《唐诗三百首》摇头晃脑地背个不停。问其原因，竟然是因为他上初中的女儿在背诵《兰亭序》的时候，正好他会那么几句，就脱口背了出来。女儿大声地惊呼，"老爸，原来你还是蛮有味道的嘛！"

一直以来，在女儿心目中，他都是庸庸碌碌的一个人。"就为了女儿的这一句夸赞，我兴奋了好久。"他有些不好意思地说。

从那以后，他不再打麻将，不再喝小酒，所有的时间都用来背古诗文。现在，他已经能把《唐诗三百首》背得滚瓜烂熟了，下一步，他还准备背《诗经》呢！

他说："我不能让女儿觉得我是个庸俗的爸爸，我得做个有味道的爸爸。"

孩子上高中了，按理说不用接送的，可是接孩子的人还是络绎不绝，黑压压一片。

每天晚上9点，我都准时去接孩子。在接孩子的队伍中，有一个男人总能引起我的注意——他个子极矮，大概只有一米五左右，肚子却不小。我几乎每天都能感觉到他喝了酒。可是他从来没有耽误过接孩子，只要我在那儿，就能看见他，时间长了，彼此熟络，也就时不时地交谈几句。

有一天，他实在喝得有些多，东摇西晃的，站都有些站不稳，我开玩笑说，你这状态接孩子，是你保护孩子啊，还是让孩子保护你啊。他笑了笑说，不管咋样，只要能让孩子看到我就行。

他还有些不无得意地说："俺那孩子都习惯了，知道他爸爸身上就是这个味儿。"

中考那两天，许多家长都守候在校门口，尽管看不到孩子，可是仍然固执地站在炎炎烈日下，以为这样就是在给孩子鼓劲加油。我也是其中之一。

我看到一个家长，从孩子进入考场到考试结束，整个人没有消停过，不是碎嘴和人说这说那，就是一趟趟地往超市跑。想起孩子爱吃什么，就跑去买什么。早上来的时候，他带着冰镇的矿泉水，可是到了中午就不凉了，他就跑到超市里去换一瓶凉的。他的袋子里满满装的都是各种零食，真不知道他的孩子到底长了多大的胃。光是一种乳饮料，他就买了5种味道的。"不知道她喜欢哪一种味道的，我就干脆都买了，让她自己选吧。"

尽管我极其看不惯这种对孩子宠溺的家长，但还是被他震了一下，那5种味道的乳饮料其实只有一种味道，父亲的味道。

从考场出来，我和女儿走在回家的路上，路过一个工地，跑过来一个民工，一边擦拭着额头的汗水一边向我女儿打听考试的情况。

"今年的试题难不难啊？作文是什么题目啊……"他接二连三地问，问得很仔细。

女儿好奇他为什么问这些呢？

他说他的孩子也是今天考试，可是他要干活，没有时间陪他。"关键也不好意思，你看我穿成这样，站在校门口，不是给孩子丢人吗？"他谦卑地微低着头说，"看你多好，有这么体面的爸爸陪你考试。"

工地上有人喊他回去干活，他向我们道了谢，急匆匆地跑回去。空气中留下咸咸的汗水的味道，父亲的味道。

临过年，父亲不小心在雪地上滑倒，扭伤了脚踝。往常的年夜饭，总是少不了父亲做的那道最拿手的美味咖喱鱼，那也是我们最爱吃的一道菜。今年父亲无法再为我们做了。看到我们失望的脸色，父亲说，这还不好办，我怎么说，你们怎么做。

父亲就现场指导我们做起了美味咖喱鱼，什么样的火候，放什么样的调料，我们照着父亲说的步骤仔仔细细地去做。鱼端上桌的时候，父亲尝了一口，点点头，向我们竖了竖大拇指，说，简直一模一样！

可是我们吃着，却总觉得差了那么一点点味道，不是忘记了放哪个调料，而是我们知道，那里面少了父亲的味道。

闻一闻父亲的味道，梦是香甜的，人生也是香甜的。

风是不睡觉的鸟

我是个嗜睡的人，但今夜，我和风一样，都是不睡觉的鸟。

是风把整个夜晚连接起来。从一棵树到另一棵树，从一朵花到另一朵花，从一滴露水到另一滴露水，从一个梦到另一个梦。风神操着巨大的口袋，向外倾倒这些没有翅膀的乱飞乱撞的鸟。

这个夜里，只有风在穿行，聚集，再散开。

不管风如何暴躁，它终究还是感动了我。它似乎在试图唤醒什么，像那些不停探究人类心灵秘密的大师。它把整个夜里的花朵放进摇篮，它把整个夜里的鸟赶往天堂。在爱还没有消逝的地方，它的长发，飘成了夜里令人感动的旗帜。它让我相信，在比夜更深的地方，一定有比夜更黑的眼睛，比风更沙哑的喉咙，比棋子更沉重的脚步，在凝视，在歌唱，在行走。

遥远的那一点亮光是什么？是慈母等着疲倦的游子归来，

是新娘为河对岸的新郎举着心灯，是失魂落魄的酒杯聚到一起，是回忆的萤虫辛苦积攒的灯笼……

我相信每一颗星星都有难言的心曲，相信每一块石头都有一个美丽忧伤的故事，我和风一样，是不睡觉的鸟，在夹缝里也能舞蹈，在低凹处依然放着歌声，生命太美，它的每一个角落都让人不忍错过。

这样的夜，我把自己关在屋里。屋子的四周都是敞开的窗子，仿佛那个全身都在漏水的古希腊诗人。风在我的屋子里自由地打着旋儿，欢快地舞蹈。我坐在屋子中间，任由风掀起弥散着古典气味的长发。我并不想在这个季节里留下言语，所以我默不作声，任凭时间滴滴答答淌成小溪。

我是个嗜睡的人，但今夜，我和风一样，都是不睡觉的鸟。自然中的清香调和成一种特别的气味，各种各样的鸟鸣是无须人来指挥的天籁之音，让我在敞开窗子的夜里醉了。

传说中有一种鸟是没有脚的，它们只能一直飞呀飞，累了就睡在风里。它们一辈子只下地一次，就是死的时候。

这便是我在这个夜里选择的姿势：坚持到底。坚持使我渐渐成为风，成为猎猎作响的胜利的旗帜。

我不忍睡去，我是不睡觉的鸟。我想和风一起，用自己的鸣叫唤醒那些美好的事物，陪着我生生不息地流淌。如果贫穷将我埋葬，我会禁不住放声歌唱；如果流言将我风干，我会等到鲜花怒放。我不是最早到达这个世界的人，但我却是最最不愿撤离这个世界的人，我珍藏这一切，包括黑夜，包括深渊。

这是一个需要用梦来交换的夜晚，在我胸膛里的火焰即将枯萎的时候，我把梦无私地交出去，换回一个宁静得只有风声的夜。我放弃睡眠，放弃耷拉在枕边的梦，我对自己的心灵有过一个承诺：要给它自由，给它安宁，尽管贫穷，但要时时刻刻听着风声；尽管微弱，但要分分秒秒坚强地亮着。

风在夜里领唱，风把整个夜晚从零点开始分成两半，前一半是记忆的湖水，后一半是畅想的海洋。

月亮清凉凉的，像恪守妇道的贞女，把牌坊标榜到了空中，让尘世的眼睛接受礼教。在今夜的月光下，我是个眉清目秀的美人，一只口含香气的子规，因为我怀揣着世上最美好的心愿。

夜正在慢慢地整理书包，像一个急着放学的孩子，带上种种新奇的想法和已经发芽的梦想向黎明的校门奔去。

在淡了一些的幕布上，我看见了另外两个和我一样不睡觉的鸟，一个刚刚走过荒原，一个坐在石头上，满目怅惘。一个是库切，一个是已经走远的路遥，他们正在试图唤醒沉睡的世界。库切眼中的生活就是不停地"在用鼹鼠打洞扒出的泥土造山"。他质问自己的灵魂："所有其他的人都跟生活妥协了，为什么你就不能够？为什么你就不能够？"库切坚持着，在夜的黑里搜索着照耀人心的思想。路遥的早晨永远是从中午开始的，因为他要在夜里与平凡世界里的人们对话，他要在夜里躲避艰苦生活对他的打击。他们让我相信，这个世界是美好的，让人的心头始终悬挂着一盏灯笼。不管夜的黑绸裹住多少龌龊与卑污，不管灯红酒绿中又成交了几桩交易，毕竟是有黎明的。黎明都让人的生命为之一振，黎明都为人的灵魂注射了一支钙针。

我从今夜渡过去，从一个思想的水面渡过去。我的身体是一个空空的筏子。我渡过去，鞋子却湿漉漉地留在原地。它预示着，我仍将歌唱着上路，仍将展开自由的翅膀，守在黑暗的夜里，和风一样，做一只不睡觉的鸟。

母亲的风景

　　阳光被卷进风车里，一朵朵阳光像棉花糖，温暖甜蜜得让人晕眩。

　　母亲的糖尿病越来越严重，视力也跟着迅速下降。我们做了种种努力，去了很多医院都无济于事。看到我们愁容满面，母亲竟主动开导起我们来，"就算看不见东西了也没啥，不耽误吃不耽误喝的，而且还少看到你们毛手毛脚的，也就省了我唠唠叨叨，还不好啊！"我们苦笑，我们都习惯了她的唠唠叨叨，从最初的厌烦到后来的接受，再到如今的眷恋，母亲的唠叨已成了我们灵魂里的音乐。不敢想象，等有一天她不再唠叨，我们的生命将会失去多少可爱的音符。

　　哥哥姐姐们商量着要带母亲去旅游，想让她在失明之前看看更多美丽的风景，为她的记忆里添加更多的东西。那样，她的记忆里总不至于那么枯燥吧。我主动提出领着母亲去，因为平时太忙，数我陪母亲的时间最少，而且兄弟姐妹们当中，母亲尤其偏爱我。

我把工作安排好，请了两个月的长假，准备陪母亲去游览祖国的大好河山。母亲自然是欣喜万分，不住嘴地唠叨起来，"你平时那么忙，这怎么就请了这么长的假呢，快和妈说说，是不是工作不顺心了？"

"再忙也没有陪妈妈重要。"从小就嘴甜的我总能哄妈妈高兴。

我们大包小裹地上路了。一路上，因为母亲眼神不好，照顾起来十分不便，但我仍然很快乐。母亲看我忙里忙外的，很是内疚，在车上尽量不喝水，因为怕上厕所。

北京、西藏、云南……两个月里，我带着母亲去了很多地方，母亲每到一个风景胜地，都如饥似渴地睁大已经有些模糊的眼睛使劲地看，努力要把整个世界都看进眼里的架势。我则不停地为她拍照，母亲在每一个镜头里都笑靥如花。

那一刻，我感觉母亲年轻了许多，脸颊上仿佛镀着少女的红晕。

每次回到旅店，母亲都要从头开始，一点一点把当天看到的风景在脑海里过一遍。

"知足了，一辈子都没看过这么好的风景。"她喃喃地说。

母亲多容易满足啊，我心生内疚，平日里忙来忙去，总是抽不出时间陪母亲看看风景，而现在，母亲的眼睛累了，就要关紧这扇窗户了。

路走多了，母亲的腿肿胀得难受，我为她打来热水泡脚，一边为她按摩，一边兴致勃勃地计划着下一站要去哪里。母亲听着听着就睡着了。我不知道，自己这样的强迫算不算一种不孝，因为这样的奔波实在让母亲有些吃不消。

这就好比是强行往母亲的脑海里塞一些记忆的碎片，这到底有没有意义呢？

我也累了，很快就睡着了。迷迷糊糊中做了很多梦，梦见了小时候，手握着风车，和母亲一起在田野里飞奔，母亲把我高高地托起，转着圈儿，阳光被卷进风车里，一朵朵阳光像棉花糖，温暖甜蜜得让人晕眩……不觉得在梦中咪咪地笑出声来，朦胧中感觉到一双手被暖暖地握着。是母亲，安静地坐在我的床边。我偷偷地把眼睛眯个小缝儿，看见母亲使劲地大睁着眼睛，定定地看我，仿佛要把我整个地印进心里去。想起儿时，母亲也是习惯这样看我的啊。那时候经常停电，母亲总是拿着蜡烛，到我床边来，总是要认真地看我一会儿，直到我睡着，在梦的波浪里卷起幸福的鼾声。

我的眼泪不由得就流了出来，在母亲眼里，自己的孩子才是世界上最美的风景啊，可以令她美滋滋地，一生都看不够。

我忍着，不让母亲知道我醒来。我喜欢被她的手握着，这双沟壑丛生，粗糙干硬的手，牵引的却是我柔暖光滑的一生！

第二天，我们养足了精神，接着去看风景。在半山腰，我们坐下来，我问母亲今天的风景好不好。母亲说："孩子啊，就算妈看遍了天底下的风景，也不如看你啊！只要有你在，哪里都是好风景。"

是啊，这就是母亲，她看的哪里是什么风景，她看到的全是自己的孩子。当你牵着她的手，就像小时候她牵你的手一样。她知道她得乖乖地听话，她不能辜负了你的这份孝心。

这就是母亲，就算在黑暗的谷底摸索，也会有力地握着孩子的手。如果我觉得寒冷，她宁可敲碎自己的骨头，为我燃起一堆大火，为我取暖。

我知道，从一出生开始，我们就已深深地烙印在母亲的生命里，即便母亲失明了，儿女们也是她时时可以见到的风景。

原来，母亲的记忆从来就不需要填充，因为孩子们早已将那里占得满满，不留一丝缝隙。

没有点奢侈又算什么生活

秧歌是劳动者的翅膀。不论多劳累，也可以扇动出一份奢侈的激情来。

母亲经常和我们讲发生在她那个时代的故事，她讲得头头是道，我听得津津有味。她讲的一个"老戏迷"的故事，尤其令我印象深刻。

母亲小的时候，村里来了一个外地逃荒的人，当时管这叫"跑盲流"。那人是外地户，自然没有土地，只好在村里的煤窑出苦力。每日几乎都是窝头就着咸菜，再加一碗汤，终日里不见细粮，更别说荤腥了。他爱抽烟，自己又买不起，只好弄些劣质旱烟卷着抽，赶上村里开个群众大会啥的，他总是最后一个离开，拿一把扫帚把男人女人们扔掉的烟蒂把儿扫到一起，然后挨个扒开，眯着眼睛，极贪婪地掏取里面所剩不多的烟丝，存储到自己的烟盒里。

这样一个人，荤腥沾不到，连烟都买不起，却迷恋上了看戏。平日里一分一毛地攒，攒够了一张票的钱，就屁颠屁颠地跑去县城看场戏。

这可真称得上是地地道道的老戏迷了！

好事之人纷纷猜测，说他看戏是假，"逛窑子"是真，把辛辛苦苦挣的血汗钱全都搭到狐狸精身上去了，为此还兴致勃勃地编了一首打油诗："一个窝头一碗汤，十斤汗来十车砖；盲流有劲不觉累，出了砖窑逛花窑。"也有人说他看中了那个唱戏的花旦，几天不见就会魂不守舍。各种谣传不一而足，他并不反驳，只是一味地笑，嘴里不忘哼哼着刚刚学会的几句唱腔，完全一副陶醉的模样。

在村里人看来，他是不务正业的，因为他不该享有那份"奢侈"，他就该守着他的砖窑，日复一日地劳作。有人奚落他，有那钱不如买上二斤肉、一壶酒，好好犒劳犒劳自己，何必呢？听那两段戏，能长二斤肉啊？

他不置可否，只是喃喃地说，隔几天听一回戏，心就不那么空了。

他打了一辈子光棍，因为没有人照顾，再加上年轻时严重透支了健康，刚过了 60 岁就去世了。临终的时候，他把这些年攒下的很大一笔积蓄都给了老支书，说自己反正也无儿无女，让老支书用这钱为村里做点事，修修路，或者翻修一下村里的学校，也算让村里人对他留个好念想。

出殡那天，老支书请来了一个戏班，唱了整整小半天的戏。如果在天有灵，他定会对自己这奢侈的谢幕仪式感到十分满足的吧。

这是个令人心生敬意的人，他于贫瘠的时光里，给自己订购了一份奢侈，这件事本身的意义甚至高过他生命尾端的那个高尚之举。

白岩松说：当下时代，最大的奢侈品，不是香车别墅，也不是金钱地位，而是心灵的宁静。

奢侈不是富人的专利，穷人一样可以享受。没有人规定，清贫的人就该守着清贫，循规蹈矩过日子。也没有人规定，苦难中的人就必须千疮百孔，唉声叹气地活着。

美国电影《战争与爱情》中医生与护士有过一次对话。医生认为该给伤员截肢，护士却努力争取为伤员保住那条腿。护士说："对他来说，失去腿，生命也不再有意义。"医生反驳道："可你知道，若这次不截肢，失败了，第二次手术的费用会很昂贵。"不过医生最终还是妥协了，"冒这样的风险的确很奢侈，"他说，"可没有点奢侈又算什么生活呢！"

有时候，生活需要一种奢侈，那是给疲惫的灵魂敬的一杯酒。

如今，每次回农村老家，都会被小广场上那些扭秧歌儿的人们感动。那些农人们累了一天，有的衣裳都没来得及换，就拿起扇子扭了起来。

秧歌是劳动者的翅膀。不论多劳累，也可以扇动出一份奢侈的激情来。

死水尚且有微澜，何况是有花有草，有风有雨的生活，岂可就这样白白地沉寂、默默地荒废了！

差一点忘记你，父亲

我觉得自己就像那条小鱼，每天游在漾满亲情的水里，却不知道水是什么。

斌子的父亲癌症晚期，查出来的时候正是深秋。医生对斌子说，做好心理准备吧，最多还能活三个月。尽管孩子们极力想瞒着，但父亲终究还是知道了这一切。

我们去医院看他，他明显消瘦了很多，也不似以前爱说爱笑，变得伤感起来，一个劲儿地掉眼泪。我们只当他是因生命即将逝去而禁不住地喟叹，一切安慰都显得那么苍白，于是我们也都跟着沉默了。

半年之后，斌子的父亲安静地走了，表情很安详，嘴角似乎还残留着一抹落在尘世间的微笑。

"父亲一直都很乐观，包括死亡。"斌子对我说，"你知道刚开始住院的时候父亲为什么长吁短叹的吗？"

"难道不是因为大限将至吗？临终的人总是易于这样悲伤的。"

"不，你错了。父亲就算是临终时惦念的也是我们。他对母亲说过，说自己病的不是时候，天冷了，现在要是死了，孩子守孝要挨冻了……"

斌子的父亲最后比医生预测的多活了两个月，我想，他大概就是为了不让他的孩子们守孝挨冻，忍着不死，一直等到春暖花开。

我被深深地震撼了，我想到了我的父亲。我已经很久没有给父亲打过电话了。

电话打过去，几乎没有等待，就响起了父亲的声音。这让我觉得更愧疚，我想晚年的父亲除了吃饭睡觉，唯一的活动就是守在电话旁边，一直在等着儿女们的电话吧。

"爸，少抽烟，多运动，晚上出去下棋记得披件外套；心脏不好，就别总喝酒了。别担心我，我在这里很好，只是很想你。"父亲在那头一个劲地"嗯、嗯、嗯"，好像一个在听着老师劝诫的乖学生，满是谦卑恭敬。一下子，我感觉到父亲真的老了。

父亲，生命中最重要的那个男人，年少的大多数时间都是他陪伴我，骑车载我去球场，牵着我的手去野外，在海边为我用沙砾堆起城堡，还有那次我特别不想让他出现的家长会，他亦牢牢握住我的手令我无法逃掉……我的记忆慢慢延伸开来，从什么时候起，这个男人的身影渐渐淡去，变得不那么强壮——是从我因为失恋彻夜未眠的时候起么？是从我踏上北上的列车漂泊流浪的时候起么？是我在人心叵测的职场上摸爬滚打的时候起么？是的，当我的脸颊有了青涩的胡茬，当我的手臂变得粗壮有力，当我坐在转椅上沉默、疲惫，因为时间而焦虑，因为忙碌而孤独的时候，我已经很久没有想起他了。是的，很久，差一点忘记。

看过一个小故事：两条小鱼一起游泳，遇到一条老鱼从另一方向游来，老鱼向他们点点头，说："早上好，孩子们，水怎么样？"两条小鱼一怔，接着往前游；游了一会儿，其中一条小鱼看了另一条小鱼一眼，忍不住说："水到底是什么东西？"

我觉得自己就像那条小鱼，每天游在漾满亲情的水里，却不知道水是什么。

我在电话里告诉父亲，这个月末会请几天假回去看他，说我想喝他煲的地瓜粥，想和他下一盘棋了……

一辈子要强的父亲，竟然在电话那头，轻声地抽动鼻子。尽管他一再大声地说着"好好好"，我却分明感觉到了他落下的那滴眼泪。

重如千钧。

惊心动魄的玫瑰

睡吧，一切都在，一切都好。

听同事说，他老家西山的墓地旁边有一片地，被人开垦出来，种植了大面积的鲜花。他激动地向我们描述花开时节的那种盛况：花团锦簇，蝶飞蜂舞，令人惊心动魄。我们都觉得"惊心动魄"这个词用得有些夸张。可他一再地说，如果我们身临其境，也会用同样的词语来描绘。被逗弄的心，奇痒无比，就想一刻不停地赶到那里，闻一闻那万千朵花凝聚到一起的香，会把一颗灵魂酵成怎样的佳酿。

于是，当主任提出要去郊游时，我们不约而同地想到了那个地方。我们迫不及待地要去赶赴与鲜花的约会。

惊心动魄！果不其然，当我第一眼看到它们的时候，第一个想到的词语竟然也是它。我见过很多大型的花园，但像这里全是清一色的红玫瑰的却很少见。漫天的红色排山倒海般压过来，一漾一漾的风把花香一波波地送过来，整个世界霎时间变成了一个小小的只属于童话的村庄，来安置我们受到惊吓的眼睛和陶醉的心。

遗憾的是，这种陶醉并没有持续太长的时间，便被一群商贩破坏掉了。他们在一起叽叽喳喳，似乎正在为鲜花的价格争论不休。

再美的花朵，和钱一沾边就变得不那么美了。当我们置身于这片花的海洋，惊艳之外，第一时间便是猜测这片花园的经济价值，并开始为主人聪明的经济脑瓜赞赏不已。我们在心里拨弄着算盘：按照市场的最低价格，一束花50元钱，那么这里的玫瑰至少可以扎出上万束花，那是多么大的一笔天文数字啊。

商贩们不停地往车上搬运着一袋袋包装好的玫瑰，他们要抢在情人节之前将它们再重新包装，发往各地，贩卖给尘世中那些涂脂抹粉的爱情——那些爱情需要靠它来装扮。尤其是北方，正飘着雪花，需要玫瑰去温暖那些苍白和寒冷的灵魂。

花园的主人是一个上了年纪的老人，由于长时间的劳作，他的背驼得厉害，但从他布满笑容的脸上看，他的心情非常好。尤其是他在数钱的时候，眯缝着眼睛，那种贪婪的神态让人生厌。我想，一定是那些金钱让他阳光灿烂。那一刻，我感到他身后那排山倒海般的红正慢慢褪色。

一些来得晚没有贩到鲜花的商贩不停地抱怨着，并跟在老人身后不停地纠缠，原因是老人还有一块"不动产"，大约有一亩地。可是不管商贩怎样苦口婆心，并且一再加价，也没有打动老人的心。老人很固执，一个劲儿地摇头。

"这老头，肯定是想抬到更高的价钱。"同事们纷纷议论。

庆幸的是，我们每个人都以批发的价格提前预订了一大捧玫瑰，准备回到城市点燃自己多姿多彩的爱情。付钱的时候，我忍不住揶揄那个老人："挣这么多钱能花得了吗？家里还有什么人啊？"老人嘿嘿地笑了，"没什么人了，只有一个老伴，在那儿呢。"顺着老人手指的方向，我们看到了一座坟墓。与其说是坟墓，不如说是一个被精心侍弄的花园。坟墓周围，有一亩地那么大一片火一样燃烧着的玫瑰，正是老人坚决不卖的"不动产"。

老人说，他的爱人在年轻的时候就因为难产死掉了，孩子也没有保住。他孤身一人过着剩下的日子。老人的爱人生前最喜欢的就是花，各种各样的花在她的侍弄下都变成了精灵。她走后的日子里，那些花成了他唯一可以倾诉的对象，他每天对着它们唠唠叨叨，像和她生前一样，每天把生活中的琐事挂在嘴边，含在嘴里，不停地咀嚼。他在她的坟墓旁边都种上了鲜红的玫瑰，他每天徜徉在花的海洋中，回忆他们没有走到头的一生。她在地下，他在地上，但并没有阻止他们的交流，这些花就是他们之间的使者，一朵花落了，他就认定是她累了，要睡一会儿。花争先恐后地绽放，他就认定是她醒了，要和他聊天，他就坐下来，把生前他们津津乐道的事情一遍遍地重复讲，唱那些她喜欢的老情歌，翻看一些褪了色的照片……在他眼里，那些花朵是会说话的，在他们之间慢慢流淌着从不曾枯竭的温柔之水。

慢慢地，老人的玫瑰越种越多，就有人来他这里买他的花，刚开始的时候他不卖，后来一想，自己也没有别的本事挣钱，这也算是一个不错的挣钱的途径，而且还可以每天在这里守着她。他就干脆在这里给自己盖了间小屋，每天守着那些玫瑰，快乐地过着他余下的日子。

这一次的惊艳甚于第一眼见到的花海，我们只在杂志上看到过这种煽情的故事，没人敢相信这是真的。可是老人在，玫瑰在，那个小屋在，那个花园般的坟墓也在。"明年俺要把那片地也开垦出来，种子、肥料，到处都需要钱哩。"老人向我们指了指远方的一片地，雄心勃勃地说。

那些买到这些玫瑰的人有福了！这些花朵是献给真正的爱情的。它们会说话，但不是简单的海誓山盟。当尘世中涂脂抹粉的爱情纷至沓来，令人目不暇接的时候，我们需要用它们来点燃真爱。

这片玫瑰园从此成了我们每年必来的"心灵圣地"，当我们看到那些燃烧的花朵，触摸到满地阳光的时候，感受到老人忙碌的身影上重叠着的温馨的旧日时光。老人老了，或许生的时日也已不多，但他的玫瑰还在，这些会说话的花朵会一直在这里蔓延，蔓延成海，将城市里那些即将僵硬的植物们纷纷唤醒。

　　老人累了，在花丛中打着瞌睡，蜜蜂用它们的吸管存储着花蜜，蝴蝶用它们的翅膀运送着花香，而老人的嘴里依然在不停地自言自语，仿佛是对他的老伴念叨着：睡吧，一切都在，一切都好。

睡在炊烟里的母亲

母亲，今夜我们梦中相见。

摸黑回家的母亲，与黑暗融为一体，像一片不被人知的最单薄的影子，贴着地面，缓缓蠕动。

她把钥匙丢了，打不开自己的家门。

母亲老了，总是遗忘。晾晒的衣物忘了在下雨前收回，莫名其妙就弄伤了手脚，衣服上的扣子去向不明，做饭煳锅底的次数越来越多……有人说，这是老年痴呆症的前兆。的确，现在的母亲，有时候甚至分不清左手和右手。

唯一忘不掉的，是她自己的孩子。三个儿子，三颗骄傲的星星。三个女儿，三件贴心的棉袄。忘不掉孩子们的生日，大概她也知道自己的记性不佳，便在日历上找到那些日子，然后叠起来，用以提醒自己。

除了儿女，母亲的口袋空空如也。

如今，儿女们如鸟一样飞远，母亲的桌上只有一双孤独的筷子。母亲，被冷落在遥远的炊烟里，一转身又是一年。

看到炊烟，就看到母亲了。我总是这样想。并习惯了这样去看每户人家的炊烟：炊烟缓缓，那一定是孩子们都在母亲的怀里，母亲用她的安详笼罩着孩子们的美梦；炊烟凌乱，那一定是孩子们迟迟未归，母亲牵肠挂肚，急得在院子里打转。

那时，我就是个喜欢疯跑的孩子，也是喜欢哭泣的孩子，满脸鼻涕的孩子。可是，母亲依然会毫不犹豫地把我抱起，毫不犹豫地，深深地亲一口。

一丝风也没有的时候，炊烟笔直笔直的，那很像年轻时候的母亲，身材高挑，相貌出众，被村里无数后生的眼睛偷偷地打量过。

可是一阵风就会将那笔直的身段吹弯，就像现在佝偻着的母亲。原来，炊烟也是会老的啊。母亲，用褶皱，用后半夜的一盏油灯，用老花镜，用哆哆嗦嗦的手，用手上的针线……爱着我们，却极力不发出声来。哪怕一声轻咳，都埋在一块柔软的巾帕里。

驼背的母亲，离土地越来越近。我担心有一天，她的头会低得触到地面，那是母亲的句号。如果耳背的上帝还能听见我的祷告，我不祈求风调雨顺，不祈求红运当头，只求让母亲可以伸直了腰身，好好地抻个懒腰。

柴米油盐，是母亲这一生最亲密的事物。厨房是母亲的舞台，围裙是她的道具，锅碗瓢盆是她的乐声。即便在艰苦的日子里，母亲也总是认认真真地做饭，从来不对付。都说巧妇难为无米之炊，可是母亲却不一样，没看见她用了多少食材，却总能变着花样地做出许多可口的饭菜来。母亲在厨房里噼啪作响，把贫苦颠得上下翻飞，把日子炒得香滋辣味。灶台底下的火焰，总是忍不住蹿出来为母亲鼓掌。

而从灶台下欢快地跑向屋顶的炊烟，是缠绕在母亲手上的戒指，一生都未曾褪下。因为，在母亲的指缝间，我总能闻到葱花的味道，家的味道。

所以，我家的炊烟是有着葱花味儿的炊烟。我家的炊烟也是最好客的炊烟，总是微笑的。或是点头，或是招手，欢迎你，挽留你。

纯白纯白的鸽子，大概觉得自己过于清高，离人世有些远。所以总是喜欢从那炊烟里穿过去，让翅膀沾染些人间的烟火气息。

炊烟，就这样在我的目光里一缕一缕地熄灭，又一缕一缕地升起。

今夜，我想念母亲。可是我无法回到她的身边，唯有希望故乡的风能轻一点儿，别把我家的炊烟吹得东倒西斜。因为母亲在炊烟里睡着，她累了，让她多睡一会儿吧，借着炊烟的暖。

母亲，今夜我们梦中相见。

别怕，黑暗一捅就破

父亲说，看，黑暗并不可怕，它一捅就破。

那时，我正经历人生的低谷。坐在我对面的命运，像一个高深的弈者，总能识破我的一招一式，令我节节败退，四面楚歌。

由于决策上的失误，公司面临重大的危机。我召集公司所有的智囊商量对策，但没有一个人，能走一步好棋。

我吩咐秘书推掉所有的电话，然后把自己关在一个漆黑的屋子里。为了防止精神崩溃，我放着比较轻松的一首曲子。尽管如此，我依然感到了一种大难临头的恐惧。

老父亲知道了我的困境，把自己辛辛苦苦积攒的养老钱全部拿了出来，让我解解燃眉之急。那点钱对于我的公司来说，无异于杯水车薪。

父亲在外面敲门，敲了足足有个把钟头，我依旧无动于衷。

父亲急了，用拳头一下子砸碎了玻璃，光亮一下子就照了进来。

我给父亲包扎手上的伤口。父亲说，黑暗不可怕，你看，我一拳头就把它砸跑了吧。我知道父亲话中隐含的意思，我们同时想到了很多年前的一件往事。

那时候我还很小，好像只有8岁，中国在政治上和苏联交恶，战争似乎一触即发。全国上下都在忙着备战。我们家里买了一大口袋饼干，以应不时之需。有一天，广播里通知说，敌机很有可能在夜里飞过我们城市上空，以防成为敌机袭击的目标，各家各户都不准点灯，窗户上要糊满纸，不能有一点光亮。

那个夜晚，所有的房子里都黑着，到处都是黑黢黢的，阴森而恐怖。

大人们聚到院子里，忧虑地望着天空，甚至连烟卷都不敢抽，空气紧张到极点。我们则躲到了屋子里，大气不敢出，更是紧张得要命。父亲说，别怕，黑暗马上就过去了。为了缓解我们的紧张情绪，他给我们讲一个个轻松的故事。渐渐的，我们不再那么害怕了。警报解除的时候，院子里的人们点起了篝火庆祝。父亲用手指捅破了窗户纸，火焰一下子照亮了我们。父亲说，看，黑暗并不可怕，它一捅就破。

父亲并未给我带来智慧的"金点子"，帮我力挽狂澜，渡过难关，但父亲为我带来了一根乐观思想的拐杖，使我不至于摔倒，使我在如潮的黑暗中看到了那鼓舞人心的丝丝曙光，使我坚定了信心，和公司的所有员工一起，节衣缩食，艰苦奋斗，终于度过了最为艰难的一段时期，公司又重新走上了光明之路。

每个人的人生或多或少都会经历一些黑暗，面对那些黑暗，亚瑟王悲观地说，"我不相信有天堂，因为我被困在这个地狱的时间太长了。"泰戈尔却乐观地说，"如果黑暗中你看不清方向，就请拆下你的肋骨，点亮作火把，照亮你前行的路。"

这些话，都是后来在书本上看到的，都是名言。而比这些名言更让我记忆深刻的，永远是父亲那句朴实的话：别怕！黑暗一捅就破。

不要那么早吵醒太阳

这么小的屋子，这么小的窗口，却是我浩瀚如海洋的世界。

爸爸，明天我一定会比太阳起得早，相信我！女儿临睡前，一再向我保证。满脸的兴奋，扯动着心里的一份激动，仿佛明天早上将要发生一件惊天动地的事情似的。

她想比太阳起得早，是因为她的心底藏着一个小小的"阴谋"。

在外地工作的妻子刚刚跟我透露了女儿的这个小小的"阴谋"：她只是想在父亲节的早上，为你做一次早餐。

女儿只有8岁，却是少有的乖巧懂事。和妈妈煲"电话粥"，听说明天是父亲节，便想着要送给爸爸什么礼物。她想了老半天，才想到了这个"惊天动地的壮举"。

我看到她背对着我，偷偷地给闹钟定了时，然后如释重负一般对我说，爸爸晚安。

晚安。我为她盖好被子，然后坐到电脑桌旁，继续构思我的小说。

小说的情节进展得很顺利，不知不觉天已经有些蒙蒙发亮。我想我必须要睡下了，我要让女儿的"阴谋"得逞。

睡前，我把面包和煮好的鸡蛋放到了案板上，往暖瓶里装满开水，奶粉和糖也放到了她伸手就能够到的地方，我想尽量让她的早餐做得容易些。然后，我小心翼翼地躺到她身边，故意轻轻地碰触她，温柔地碰醒她，眯着眼睛佯装睡着，脸上满是幸福的微笑。我听见她打着哈欠，轻轻地自言自语，差点睡过头啦，然后将铃声刺耳的闹钟关闭。

她蹑手蹑脚地在厨房里忙活着，尽量不弄出声响。我知道，她做的这一切，都只是想让我多睡会儿。我看过她最近写的几篇日记，几乎每篇都写到了我。她写道："爸爸又熬夜写小说了。每天天蒙蒙亮的时候，他才会躺下休息，他的睡眠只有可怜的三个小时。然后就要起来为我做早餐，送我上学。爸爸真辛苦。"她写道："妈妈在外地上班，都是爸爸一个人照顾我，看来我得多学点本事了，不能老让爸爸操心。"她写道："爸爸，你都瘦了。我还是喜欢胖乎乎的你，喜欢叫你大肚子蝈蝈爸爸。"

我还喜欢她作文里的那个开头：我的爸爸肚子很大，我嘲笑他，他却说他装了家国天下；我的爸爸腰很粗，我嘲笑他，他却说他腹有诗书气自华。爸爸，你的家国天下，就是妈妈和我。因为你总是叫我们，大宝和小宝。

我便想起我们一家人在一起的时候，我每次唤宝贝，妻子和女儿都争抢着应，她们都在争我的宠爱。为了区分开来，我管她们叫大宝和小宝。大宝小宝，我上班啦。大宝小宝，我回来啦。这是我每天都在使用的，爱的语言。这是我每天都在温习的，爱的功课。

记得有一次，女儿突然像个小大人似的，一本正经地问我，如果有一天我们都从这个世界上消失了，会变成什么呢？我说我会变成一朵云，她便嚷嚷着说她也会变成一朵云，给我做伴；我说我会变成一棵草，她就说她要变成一滴露水，给我洗脸；我说我要变成一棵树，她就说她要变成树上的鸟，给我挠痒痒……我们拉钩，说拉钩上吊，一百年不许变。

女儿在厨房里忙活了很长时间，等她把早餐弄好，太阳已经大摇大摆地走进房间了。她这才对着我大喊：爸爸，该起床啦。并且不无炫耀地嚷嚷着，今天我起得比太阳早吧。其实每天太阳出来的时候，我就已经醒了，没有人比我更早地见到太阳。但今天我必须躺下，今天，我不要做第一个见到太阳的人。

是啊，起得比太阳早，我伸着懒腰，应和着她。可是，你应该早点叫醒我。我故意"埋怨"她。她说，我不想那么早吵醒太阳，我想让爸爸多睡会儿。在女儿眼里，我是她的太阳。在我眼里，女儿是我的太阳。我们互相照耀，彼此温暖。

爸爸，今天我学会做饭了，明天就能学会洗衣服，妈妈不在身边，我也能照顾你。那是女儿给我的，最好的父亲节礼物！

我推开窗子，看到的是多么清新、多么美好的早晨啊！窗外的树叶上，露珠还在酣睡，一时半会儿还没有醒来的意思。一切都是那么安谧、幸福。包括窗沿上慢慢爬着的小虫，仿佛都是那么有节奏感地在扭动腰身，我似乎听到了它们在轻轻地哼着欢快的曲调。

　　这么小的屋子，这么小的窗口，却是我浩瀚如海洋的世界。

阳光请柬

不管怎么样，阳光永远是我们幸福的指向。

绵绵不尽的雨一直下了半个多月，把人的心情淋得坏透了。直到今天早晨，起了很大很大的雾，而有雾的早晨一定是个好天气，这话不知是谁说的，格外灵验。

整个早晨都蒙着白纱，太阳睡了半个多月的觉，懒懒的，好像还是不愿起床，铁嗓子公鸡拉长脖子大喊大叫，总算把太阳从睡梦里给叩了出来。

雾轻轻地散了。这透明的早晨，我惊讶它的美丽，惊讶它未染一尘的纯净。尽管我知道这种纯净不会持续多久，但毕竟有这一刻，可以让灵魂自由自在地飞翔。不必担心欲望的烟将它熏黑，不必担心名利的枪射穿它的翅膀。让它去与博大的自然做一次倾心的交谈。

今天的阳光真好，我想把身上的每个细胞都打开，让阳光进入。

所有的门窗都已打开，友善的阳光普照着每个角落，弹一段舒缓的曲子，翻开心灵的《圣经》……

清爽的风跟着阳光一起到我的房中散步，用一双慈爱的手抚慰我心中的神灵。一盆幽幽的兰花，在阳光的恩赐下散发着芳香。我的窗口迎来了许许多多的客人，蝴蝶、蜜蜂、瓢虫，还有一些我无法知道名字的小东西在慢慢蠕动，张开它们潮湿的翅膀，在阳光下晒着。

我把衣柜里的衣物统统拿到了院子里，让霉气在阳光里挥发，让透明的风拂去灵魂上的尘埃。

我把书房里的书籍拿到阳光下晾晒，让那些古人和圣贤的箴言警语在阳光下充满永恒的活力，让那一本本动人的故事书在阳光下拥有更多的掌声与喝彩。

我忽然想起了那个黑色的箱子，许多年了，我一直不敢再开启它。那是一把把割伤我的刀子，一场场足以将我撕裂成碎片的爱情，我生命中的暗疮，我的阴影。

但是有阳光的地方就会有阴影，我们不可能甩掉自己的影子，除非永远抛弃太阳。那么，就让我再一次开启这个黑色的箱子吧，把灰色的日子全部放飞，让激情重新回到我的掌心。

很多很多的信件安静地卧在箱子里，那是我用年少的时光葬掉的爱情。它们像一具具少女的美丽尸身躺在棺木里。我忽然感觉自己像一个卑劣的盗墓者，要盗取某些贵重的随葬品，但这种想法一闪即逝，因为阳光正在深入人心，透过那层层屏障，像一把利刃，闪着寒光，刺破人内心的种种顽症。

那些信件被我一字铺开，阳台像一个硕大无比的晾晒场，晾晒着陈年旧梦。那些万劫不复的悲剧，在阳光下被撕去一层坚硬的皮，鲜血汩汩直流，灿烂无比。而我，重新立在悲剧的镜子面前，看自己的伤口如何开成美丽的花朵。

太阳，云端的精神之父，每天都在给我们输血，每天都在给我们补充营养，我们没有权利不好好活着，没有权利不去倾听他的教诲。

太阳赐予你伤口，就是为了让你懂得和珍惜伤口之上开出的幸福的花朵。

从现实的谷底开始爬起，向理想的峰顶爬去，我们在阳光下活着，推着巨大无比的石头爬到山顶，又滚落下来，然后再推向山顶，周而复始地重复着古老而又沉重的劳役。这是云端上的父亲给我们备下的作业，永远没有做完的一天。

不管怎么样，阳光永远是我们幸福的指向。纷纷飘下的落叶，漫天飞舞的蝴蝶与蜻蜓，或者冬天里一片片晶莹的雪花，都是阳光送来的请柬。

拾起散落一地的阳光请柬，去领受这份邀约……

每朵云都是一张亲人的脸

在她看来，那些云，每一朵都是一张亲人的脸。

云，就那样飘来飘去，自由自在地在天空玩耍。有时候变成一朵最妖冶的花，闪着夺目的光华；有时候变成最薄的宣纸，等着诗人去泼墨挥毫；有时候变成最轻的羽毛，扇动起怀念的微风；有时候变成最软的雪，覆盖着一些你爱的名字。

一块干净的风，轻拭她的额头，是在探测她的体温吗？云是最高处的慵懒的鸟，栖息在天空的胸脯，无比快乐。

这个下午，我伏在窗台上，看见了云，沉重的心变得轻盈。忽然间想在云的信笺上写封家书，亲人们，你们好吗？

小时候，总喜欢和哥哥姐姐们躺在高高的柴垛上，等着父母下班回家。愚钝的姐姐总是不厌其烦地去拨快座钟的时针，让它尽快走到那个幸福的时刻。这掩耳盗铃的把戏一度让她美滋滋地等待，又一次次失望。"这钟怕是出毛病了，总是走错点呢。"父亲一边调试钟点一边有些狐疑地望着我们。这个时候，姐姐就红了脸，低下了头。她以为她操纵了一座钟表，就能左右时间，控制岁月，我可爱的傻姐姐，那样，青春便不会从你身上剥落，你也不会远嫁他乡，我们也就听不到你在电话那边的哭泣；那样，我们就可以永远相守在青春年少的花园里，捉我们永远也捉不完的迷藏。

那些傍晚的时光，我们一边望着天上的云朵，一边数着路上的车。哥哥拿着一张很大的烙饼，路上过来一辆马车，他就为我们揪下一小块，过来一辆自行车，就揪下更小的一块，路过一辆汽车，就扯下很大的一块。那个时候的车很少，一张烙饼够我们吃一个下午。我们哼着童谣，猜着谜语，用这样的方式等待着亲人的归来。那时的天空，蓝得像海水，云朵，洁白得像刚出生的婴儿。

更记得少年时在姥姥家的情形。姥姥家在乡下，姥姥是个驼背的小脚老太太，对我宠爱有加。每一次见面后，都要先为我煮上两个新鲜的大鹅蛋。走的时候，更是千叮咛万嘱咐，总以为我走出她的视线之后，就变成了摇摇晃晃的弱不禁风的草。当我听完了她的叮咛走出不到十米，她就又会赶着小脚上来，再想些嘱咐我的话，比如哪一段的路上有积水别在那里玩，哪里的墙快倒了走时离它远点……常常让我哭笑不得的是听完她的话我都觉得寸步难行了，不过听不听也仍是难行的，因为当她这样三番两次叮嘱完后，我以为终于轻松了，哪知她又在身后气喘吁吁地喊我的名字。有时只为了看看我的包带是否结实，有时只为了把前几分钟里的话再重说一遍。而回望她青灰瘦小的背影远到似乎从未在田埂上出现，我却还是不能确定她会不会再突然追赶上来。或者因为我怕走得远了让她追得更辛苦，我开始在那个地点磨蹭，踢踢土疙瘩，或是查看身边地里都长的是什么秧苗，抬头看着天空，一朵朵云，仿佛每一朵都是亲人的脸。直到天快黑了，时间久到可以确定她是不会再来了，这才放心地撒开双腿在荒凉的野径上狂奔去赶通往城里的最后一班公共汽车。那个时候，我不怕摔疼，我怕心疼。

一片叶子打在我的脸上，绊倒了我从遥远的地方一路走来的回忆。你看，我还是经不起眼前一粒尘埃的触动啊！那么愣愣地伏在窗台上看云的日子，让我重新年轻过来。一颗童心，原是一刻都没有离开过的，只是被我藏匿了太久。

快速而紧张的现代生活让我遗忘了我的云朵，唯一的一点诗意被逼得走投无路。洁白耀眼的云朵，就那样做着我们灵魂上的补丁，默默慰藉着我们在人世左奔右突的尘心。

我们在低处奔波劳碌，背井离乡，云却在最高的地方怀念亲人。

周末，领着孩子去郊游，顺道让她背了画板练习写生。女儿喜欢画云彩，拿着画板像模像样地画了起来，把大朵大朵的云搬运到她的画板上。女儿画的云朵都很鲜活，栩栩如生。一边画，一边对我们说，这朵云是奶奶，因为它生满了皱纹；这朵云是妈妈，因为它一挤就要流眼泪；那朵云是爸爸，因为它高高在上……

女儿是带着爱来画那一朵朵云的。在她看来，那些云，每一朵都是一张亲人的脸。不管它变幻成哪种姿势、哪种容颜，无法更改的，始终是一张张亲人的脸。

第五辑
一朵云，全身长满翅膀

有时候，人生就像拼图游
戏，每一小块图片都不会
重复，你必须一块一块不
怕麻烦地拼起来，最后才
能看到整幅风景。

穿过骨头抚摸你

积满液体和苦痛的胸腔，是爱的城堡；一根根隐约可见的肋骨，是爱的森林。

所有对家的描述中，炊烟是最能抓住人心的。每次回家，都会站在老远的地方望自己家的烟囱，如果烟囱里冒着丝丝袅袅的炊烟，心顿时就暖了许多，如果没有炊烟冒出，心就会凉了半截。再走近些，如果屋子里的灯没有亮，一颗心就整个地掉进冰窟窿里去了。委屈地蹲在门口，像黑暗中等待火把的孩子，直到母亲回来了，家就温暖了。我们屁颠屁颠地围着母亲，不停地走动。破败的屋子里，仿佛每一个角落，都能蹿出腾腾的火苗子来。

我们是如此依赖着那温暖。每一年，每一月，每一天，哪怕不在母亲身边，也要通过电话，向那边烤烤火。

我们如此幸福，被那层温暖紧紧地护着。却不知道，一团惊悸的冷风突然来袭，将我们的温暖撕扯得七零八落。母亲得了癌症，让我们慌乱。她的瘦弱让我们心疼不已。当白花花的霜露扣住秋的脑门，我迟迟不肯迈出门槛，迟迟不肯把寒冷的泪水用完。

现在，母亲依然会按时生火，按时做饭，生活没有一丝一毫的改变，好像生病的人不是她。她尽量不惊扰自己的生活，让它们依旧平静如初。尽量不让那些痛苦的涟漪撕扯她的幸福。可是母亲的手瘦了，母亲的眼神荒了。一切痛苦都一起向这个单薄的躯体压过来，母亲咬着牙，忍着一浪高过一浪的疼，和我们讲着并不可笑的笑话，只为了不让我们那么难过。

母亲近在咫尺的时候，我们背着行囊去流浪，我们回来时，母亲却渐行渐远，生命开始了残酷的倒计时。

母亲早知道自己得的是绝症，坚决不肯做手术。她说她老了，多活一天少活一天没什么区别。可是我们不允许，母亲如若不在了，我们的灵魂将无处停靠。拗不过我们一再苦苦哀求，母亲同意了。但母亲有个要求，那就是让我亲自来给她做这个手术。

给自己的亲人做手术，这是医生的大忌。因为手术对象是亲人时，医生很难做到情绪平稳，这样很容易导致手术失败。

母亲却执拗得很，她说除了她的儿子，她不相信任何人。没办法，医院最后做了妥协，破例允许了母亲的请求。要知道，在这之前，我一直是主刀助手，尽管对各种手术都能应付得来，但以主刀身份给病人做手术还是第一次。没想到，第一个接受我手术的，竟然是自己的母亲。

拿着手术刀的手，开始不自觉地抖，因为我生怕自己弄疼了母亲，却忘记了她是打了麻药的。母亲的眼神里带着鼓励，温暖地看着我，示意我不要紧张。我拿捏着母亲的生命，而母亲，宁愿用自己的生命，换来对她儿子的一次鼓励。从小到大，母亲每时每刻都在鼓励我们，她对我们说得最多的一句话就是：你肯定行。母亲的这种教导方式使我们变得坚强，让我们的生命里多了一份韧性。

记得小时候，有一次母亲在割稻子的时候被镰刀割破了手臂，母亲回到家让我替她包扎，看到母亲鲜血如注的手臂，我顿时傻了眼，慌乱得不知所措。母亲温柔地看着我说，别怕，你肯定行的，来，替妈把伤口包上。我按照妈妈的指示，替妈妈清洗伤口，然后包扎。在妈妈的鼓励下，我包扎的动作竟然很像那么回事。妈妈打趣道，俺儿子日后没准会成为大医生呢！也就是从那时候起，我把医生看作是最伟大最神圣的职业，母亲的话也成了我日后报考医学院的源动力。

我开始变得镇静，手术刀娴熟地在母亲的身体里穿梭游走，我知道，那是我们的爱，正在穿过骨头，抚摸着母亲，就像母亲抚摸我们那样。

积满液体和苦痛的胸腔，是爱的城堡；一根根隐约可见的肋骨，是爱的森林。

慢慢地，母亲闭上眼睛，睡着了。而我则像一个纤夫，正在拼命地从死神手中，往回拉我的母亲。

母亲让我诞生，今天，在我的手术刀下，我要让母亲也重新诞生一次。

我行的，我肯定行!

一块煤的热量

它们不仅暖和了那一个冬天，还暖和了一颗僵硬的心。

那个冬天很冷，世界仿佛被冻僵了。

邻居是个租户，一个离婚男人，带着儿子一起过。男人没有文化，只能扛着个大板锹去蹲站点卖苦力。

男人没钱买煤，只好上后山去砍柴烧。下了大雪，很难找到干柴，他就扛了些很粗的树根回去。因为柴火湿，冒了一屋子烟。满屋子只有炕头一巴掌大的地方是热的，孩子就坐在那一巴掌大的地方，摆弄他自己最喜欢的玩具。那些大小不一样的积木，都是别人不要的，他一个个积攒下来，要用这些大小不一样的积木搭一个房子。他说要盖一个不用在屋子里戴帽子的很暖和的大房子。

母亲心软，总想找借口接济一下他们，可是男人却从来不肯接受我们家的救济。转眼到了年根，家家户户都忙着置办年货，男人照例每天都空着手回来。别人家的孩子已经开始零星地放鞭炮了，他的孩子却只能眼巴巴地听着别人的快乐在空中炸响，眼巴巴地看着别人的幸福在夜空绽放。男人看出孩子的心思，买回来了一小串鞭炮，孩子蹦得老高。不舍得放，一个个拆下来，每天男人走的时候他放一个，他说给爸爸送行；男人回来再放一个，他说给爸爸接风。那些淘气的孩子就经常过来嘲笑他，说他的炮像放屁。要个没个，要响没响。就拿出他们的炮当着他的面放。这个时候，我的母亲就会跑出来把那帮孩子撵跑，心疼地搂着他，顺道往他的口袋里揣几颗糖果。孩子不舍得吃，说是要和爸爸一起吃。天气冷，母亲让孩子在我们家住下，孩子不肯，他说要回去给爸爸捂被窝，"爸爸一个人住，被窝里会很冷的。"

半夜，父亲说，好像有人在偷我们家的煤，就提着手电出去查看。母亲把父亲拽了回来，说，让他烧点吧，一定是三九天，冷得受不了，怪可怜的!

第二天，母亲果然看到煤堆上少了些煤块，但不是很明显，应该是很小的几块。男人经过的时候，就有了些很不自在的神情，匆匆打了声招呼就从母亲身边溜了过去。母亲叹了口气，把煤堆仔细翻了一遍，把一些大大小小的煤块都放到了上面，她想这样更方便他来"偷"。

果然，一连几个夜里，男人都过来偷煤。本来我们一直是住东屋的，母亲偏偏让我们搬到西屋来住，为此，父亲专门搭了一个炉子，把西屋烧得很热。我们不明白这一举动，母亲解释说，这样我们与隔壁的这面墙就会是暖山，多少也会让那边少些寒气。

大年三十那天，男人拎着几个鸡蛋和几条窄窄的刀鱼回来了。那是他所有的年货，他说要给孩子做点好吃的。

三十晚上，我们拿着大串的鞭炮要"接神"，母亲把隔壁的孩子喊了出来，和我们一起放鞭炮。我和姐姐还把自己的"魔术弹"交到他的手里，让他举着来放。孩子高兴极了。接完神，父亲对男人说，过来一起吃年夜饭吧，陪老哥喝点酒。拗不过父母的一再相劝，男人就和孩子过来了。不忘端着他做的那盘刀鱼。喝了些酒之后，男人就有些醉意，很不男人地流了眼泪，开始向我们忏悔他"偷煤"的行为。父亲说，冬天总是要烧些煤的，你那个屋子墙皮薄，只有煤的热量才能抵得住那些冷气，大人倒好说，总不能把孩子冻坏了。要烧煤就过来撮，这个冬天太冷，咱们一起挨，总会挨过去的。

一块煤到底有多高的热量，男人心里清清楚楚。它们不仅暖和了那一个冬天，还暖和了一颗僵硬的心。就像这刚刚喝下去的烈酒，在心底火烧火燎的，把整颗心都点着了。

失眠的海

　　母亲的心，是最浩瀚的海。

　　母亲有失眠的毛病，用了很多办法都不管用。这个毛病就像一只恶魔的手，招摇肆虐在母亲睡梦的边缘，让母亲的每个夜晚，都变得惴惴不安。

　　看着母亲日渐老去，我的心痛亦是无法言说。我开始搜罗各种治疗失眠的偏方。今天打电话告诉她，要多吃小米粥，明天打电话告诉她，在粥里放些大枣……母亲应着，按我的偏方去做了，依然不见效果。

　　那天早晨，我在母亲的枕头边上看到了一个盘子，里面装了一些细细的葱丝，我问母亲那是做什么用的。母亲说，难道你忘了吗？你和我说过的，这是治疗失眠的偏方啊。

　　母亲说，好像还挺好使的，最近几天睡得挺香。

　　我猛然记起，有一次我和母亲说过这样的话。可是我明明记得，我说的是姜丝而不是葱丝。

母亲听错了，可是她却那么相信她的儿子，她坚信，她的儿子讨得的偏方，一定可以治疗她的毛病。

母亲这些年要操心的事情太多：大哥喝醉酒打伤人，吃了官司，赔了人家很多钱；二哥离婚，人也下岗了，在她那里住着，靠出苦力维持生计。母亲每天天刚刚亮就要起来给他做饭，她还一直惦记着给二哥再张罗一个媳妇，四处托人保媒；姐姐家刚刚出生的宝宝生了很奇怪的病症，医生们用了各种办法也无济于事，刚来这个世界短短几天便撒手而去；我常常在外办案，更是让母亲放心不下，一颗心常常悬在嗓子眼儿……我们成了母亲心中纠缠不断的结，令她在每个夜里辗转反侧。

所有的这一切，使母亲得了这样一个毛病，夜夜失眠。

因为睡眠不足，母亲在白天的时候，常常坐在那里就耷拉着脑袋睡着了。我们看着电视，回头看母亲已经鼾声四起了。开始我们还会拿母亲开着玩笑，母亲也常常在我们的笑声里醒过来。一边笑着一边责怪自己：怎么又睡着了，都成了大觉包啦！

母亲越来越瘦弱，极度缺乏的睡眠抽走了她的健康。那以后，我们再也不忍心唤醒坐着睡着了的母亲。

如果这些只言片语可以穿起过往，我愿意，把自己揉碎，变成一个凛冽的词、一个停顿的逗点、一个起着承上启下作用的段落。可是，一个急刹车的句号，忽然断了我所有的念想——母亲，因为常常失眠导致了脑溢血，住进了医院。在病床上整整昏迷了十多天。

我们一边呼唤着母亲，一边在心里惦念着：这样也好，母亲，您终于可以睡一个安稳的觉了。

那些天，总能梦见母亲离开了这个世界，常常被自己的哭泣惊醒。醒来后，发现一切都是虚幻的，确定了母亲不曾离去，便有一种破涕为笑的冲动，但是伤感的心，一时半会儿缓不过劲儿来，身子依然抖着，像夏日夜里被风鞭打的凤尾竹。

母亲被唤醒的时候，我们每个人的脸上都挂满了幸福的泪水。那种表达不出的爱和长年埋在心里的对母亲的依赖，原来是经不住一丁点儿分离的风吹草动啊。

从小到大，我们睡觉时一个轻微的咳嗽，一次简单的翻身，都会引起母亲的注意，冬天会不时地给我们掖着被子，夏天会拿着蒲扇，不停地为我们驱赶蚊虫。我们放心地做着我们的美梦，不担心中途被打断，我们的睡眠总是最舒适的，因为母亲是我们那些美梦的守护者。

而母亲呢，一辈子很少睡过踏实安稳的觉。

母亲的心，是最浩瀚的海。大海无法入眠，因为她的心里装了太多的牵挂。

如果可以，请让大海安心地睡一觉吧！

一支钢笔的幸福

　　她的钢笔不会再饿了，她的钢笔一定会很幸福，很幸福。

　　女儿放学回来，忧心忡忡地跟我说，她们班级里一个品学兼优的学生赵雪可能要辍学了。

　　唉，她学习比我好多了，人也好，我们都很喜欢她，怎么会这样！女儿不停地叹着气，为她感到惋惜。

　　女儿对我说，赵雪的父母两年前就离了婚，她跟着父亲过。父亲下岗在家，染上赌瘾，把家底输空了，欠下一屁股债，还整天喝得醉醺醺的，喝多了就哭天抢地，满世界地去忏悔。她说下期的学费还没有着落，她说她不想念书了，她要出去打工替父亲还赌债。

　　但愿她能打消那个念头。女儿喃喃低语，作为最要好的朋友，她希望赵雪的明天能够柳暗花明。

　　事与愿违。第二天，女儿担忧的事情果然出现了。

赵雪没来上学，托人捎了张纸条给老师，说，老师，对不起！辜负了您的期望，没能在您的关爱里开花。老师有些哽咽，她不想看到，一朵花的凋零。

作为最要好的朋友，赵雪在那个傍晚，来到我的家里，和女儿告别。

看着她哭得红肿的眼睛，女儿一时无措，不知道该怎样安慰。

她把她的钢笔送给了女儿，强挤着笑脸开玩笑说，这是一支可怜的钢笔，跟着她连墨水都不能灌满，总是饿着肚子，就让它跟着你吧，跟着你，它也幸福了。

钢笔的幸福，大概就是不让它饿着，一直保持灌满墨水的状态，让它写出干干净净的字来吧。

女儿怔怔地愣在那里，她忘不掉那个哭泣着跑掉的背影。

女儿把那支钢笔握在手里，感觉沉甸甸的。她打开作业本，准备用它来写作业，才知道它的肚子被掏得干干净净。她挤了一下，有干净的水珠滴落下来，洇了洁白的纸，仿佛泪水。

女儿赶紧把它吸满墨水，她只想用浓墨重彩掩藏它的眼泪。

女儿收起那支钢笔，她想赵雪总有一天会重新回到教室，她要把它还给她。

女儿开始了她的"救助计划"。她先是发动所有的同学，一起帮赵雪"打工"，说是打工，不外乎就是帮父母做些家务，在家长那里讨些零钱。积少成多，同学们很快凑齐了赵雪下学期的学费。紧接着，女儿带着同学们找到了赵雪的家，像一帮小干部慰问群众似的，和老赵大谈利害关系，老赵支支吾吾地表示，保证让赵雪回到学校去。

老师也没闲着，帮赵雪的父亲找了一份工作，替他交了风险抵押金。

你可要好好干啊，不然我的押金就拿不回来了。老师说。

嗯嗯嗯。老赵搓着手，激动得不知所措，只是一个劲儿地躬身道谢。

轮到我们了。这种事，女儿是断然不会放过我这个"慈善家"的。果然，她今天变得格外乖巧，把家里收拾得井井有条，还破天荒地为我和她妈妈煲了粥。太阳打西边出来了吧！我早就看穿了她这点小把戏，就等着她后面的表演呢。

爸爸，你说赵雪怎么样？

什么怎么样，挺好的孩子啊。

我是说，人家没少帮助我，每次有不会的题什么的，都是她来教我。

嗯，是啊。我打着哈哈，故意不上她的套。

可是她现在有难处了，咱能不能……

我接了个电话，借故走掉了。看着她的窘态，心里窃笑。

夜里，我和妻子商量着怎样资助那个孩子。

总不能眼看着那么出色的孩子就那样耽误了。妻子说，不如我们每个月拿出 100 块，为那个孩子建个小基金吧。自私点说，那孩子将来肯定错不了，咱也能得到回报呢！精明的妻子想得还挺远。管她呢，先解决了眼前的事情再说。

我们把这个喜讯告诉了女儿，女儿高兴得眼里含满了泪水。她喃喃地说，我还以为你们不肯帮她呢。

钢笔饿了，就得给它灌墨水啊！我们和女儿会意地笑了起来。

赵雪终于回到了课堂。开家长会的时候，赵雪的父亲红着脸，当着全班师生和所有家长的面，郑重地承诺，无论如何，也不会再让孩子辍学。接着又开始了他声泪俱下的忏悔，只是这一次，他没有喝酒。

女儿把灌满了墨水的钢笔还给赵雪，悄悄告诉她，她的钢笔不会再饿了，她的钢笔一定会很幸福，很幸福。

天使穿了我的衣裳

人们只当那个天使是我，其实不是，天使只是穿了我的衣服。

那个春天，她看到所有的枝头都开满了同样的花朵：微笑。

大院里的人们热情地和她打着招呼，问她有没有好听的故事，有没有好听的歌谣。她回报给人们灿烂的笑脸，忘却了自己瘸着的腿，感觉到自己快乐的心，仿佛要飞起来。

她感觉自己仿佛刚刚降临到这个世界，一切都那么新鲜：流动着的空气，慢慢飘散的白云，耀眼的阳光，和善的脸。

她知道，这一切，都是姐姐变戏法一样变出来的。一个阳光明媚的美丽世界。

她和姐姐是孪生姐妹，长得一模一样，唯一不同的地方就是她是个瘸子。她怨恨上帝不公平，怨恨一切，碗、杯子、花盆，所有她能触到的东西都会是她的出气筒，她的世界越来越窄小，小得容不下任何一个关爱的眼神。

由于天生残疾，走起路来不得不很夸张地一瘸一拐。如果这张脸不美也就罢了，上帝还偏偏让她生了如花的容颜。那两根丑陋的枝条怎么也无法配得上那朵娇艳的花朵，她总是这样评价她的双腿和她的脸。她很少走出屋子，更不敢去大院。每天躲在家里，惊恐地张望着外面的世界。

她给自己留了一扇窗子，可以看到外面的世界。看到健康的人，看到那些笔直的腿，看到那些漂亮的衣服，看到那些蹦蹦跳跳的快乐的身影，它们让她的悲伤更加浓烈，无法自拔。

生日的时候，仅仅比她大几分钟的姐姐送给她一件礼物：一个会跳舞的洋娃娃。她当时就把它扔到了一边，她歇斯底里：明知道我是个瘸子，还送给我这个能跳舞的东西，你是不是刺激我啊。眼泪在姐姐的眼里打转儿，可姐姐却在不停地安慰她。她知道，姐姐很无辜。

她死活不肯去学校上学，父母只好节衣缩食，给她请了家教。学习的内容和学校里的课程同步。由于她的刻苦，学习成绩一直很好，每次和姐姐做相同的试卷，她都会比姐姐高出几分。每次考完，父母都会夸赞她一番，相反把姐姐训斥一顿，嫌姐姐在学校不用功，总是贪玩。这让她心里很平衡，下决心要好好学习，一定要用广博的知识来弥补自己身上的缺陷。

那个夏天，妈妈为她买了一件很漂亮的粉色套裙。她偷偷地穿上，感觉自己像一只翩翩欲飞的蝴蝶，只是不敢走动，怕她的丑陋显露无遗。她喜欢她的粉色套裙，爱极了那种灿烂的颜色，只是，她依旧悲伤，哀叹自己是断了翅膀的蝴蝶。

所以她还是不敢走出屋子，每天对着镜子，悲伤地望着镜子中那只一动不动的蝴蝶。她用冷漠把自己制作成了标本，一只凝固了的蝴蝶。

由于身子虚弱，每天中午都必须补上一觉。可是最近，她总觉得睡不踏实，总有一种似梦非梦、恍恍惚惚的感觉。

那天中午，她在恍恍惚惚中听到有人蹑手蹑脚地进来，蒙眬中看到姐姐，偷偷拿走了她的粉色套裙。她觉得好奇，想知道姐姐到底要做什么，便装着发出鼾声。

透过窗子，她看到了姐姐穿起她的粉色套裙来到了大院。她尽力压制着心中的妒火，想看看姐姐到底在做什么把戏。她看到姐姐热情地和每个人打着招呼，让她惊讶的是，姐姐竟然学着她一瘸一拐的样子走路，简直惟妙惟肖，让她感觉到那个人就是她自己。而她自己心里清清楚楚，纵是加300吨油，她也是没有勇气走到大院去的。

一连很多天，姐姐都会在中午趁她午睡的时候，来偷穿她的衣服。

有好几次，她想揭穿她，但最后都强忍下去了。人都是爱美的，姐姐也不例外，况且姐姐的舞跳得那么好，应该有件好衣服来配她的。只是她不理解的是，为什么姐姐不好好走路，偏偏要学她的样子一瘸一拐的呢？

每天中午，她都会透过窗子，看着姐姐一边帮奶奶们擦玻璃一边唱着动听的歌谣，一边帮婆婆们洗菜一边讲着她听来的笑话，逗得人们哈哈大笑。她不得不承认，姐姐才是真正的蝴蝶啊，姐姐让这个沉寂的大院春意盎然了起来。

这一切，她装作什么都不知道。

忽然有一天，姐姐对她说要带她到大院去走走。其实她的心一直是渴望出去的，像小鹿对于山林的渴望，像鸟对于蓝天的向往。整天闷在家里，空气仿佛都凝固了，让人透不过气来。她犹豫不决，姐姐却执拗得很，帮她穿上粉色的套裙，硬是架着她走出了房门。

那是个多好的春天啊！

她深深地呼吸着新鲜的空气，满眼都是绚烂的颜色。人们对她微笑，把好吃的，好玩的都争着抢着给她，她不明白为什么人们对她那么好，没有一点排斥和嘲弄，没有一点让人难堪的同情和怜悯，有的只是微笑，让人心旷神怡的微笑。

人们都说，有一个穿着粉色套裙、扎着两个小辫的活泼快乐的残疾小姑娘，给他们带来了很多欢乐，她是这里的天使。

尽管她走起路来一瘸一拐的，左右摇晃，姿态滑稽而夸张，但所有的人都认为那是天使的舞蹈。

后来她知道了，姐姐学她的样子，是为了让人们能够接受她，姐姐只想让她走出那个晦暗发霉的屋子。所有人都把姐姐当成了她。

后来她知道了，那件粉色套裙是父母给姐姐买的，准备让她穿着去省里参加舞蹈大赛。可是姐姐说，让妹妹穿吧，到时候管妹妹借就行了。

后来她还知道了，每一次她们同时做试卷的时候，姐姐总是故意做错几道题，总是让她的分数比姐姐高，姐姐说那样妹妹会高兴。

"人们只当那个天使是我，其实不是，天使只是穿了我的衣服。"她在日记里写道，"感谢上帝，赐给一个天使来做我的姐姐。"

向我挥手的那只蚂蚁

一个慢慢远去的人，一个渐行渐远的背影，他是我生命中的一滴墨。

父亲，这个终生陪我走路的人，在光阴的面前瘦了、矮了。现在，我要把他的背影碾成墨，写出一份比海洋更深沉的思念。

小时候，因为住在山沟里，所以上学要走很长一段山路。父亲日复一日，送我上学。父亲没有太多的话，一路上只能听到他虎虎生风的脚步声。有一天父亲的脚崴了，他对我说：你都上五年级了，是男子汉的话就锻炼一下胆量；今天爸爸脚崴了，你自己上学吧。我心里虽然害怕，可是不想让一家人嘲笑我，就一把抓起书包，豪情万丈地走出家门。刚走出家门口，就开始胆怯起来，尤其是走过那片茂密丛林的时候，猫着腰，不敢发出声响，心也怦怦直跳，总觉得身后有什么黑乎乎的东西跟着。我就不停地回头，就真的看到了一个人影，正一瘸一拐地跟着我。我看清了，是父亲！我顿时昂首挺胸，一边走一边还故意哼哼起儿歌来。父亲以为我不知道他在身后，其实从那时起，我就知道了，这一辈子，那山一样的父爱会始终在我的身后如影跟随。

高考落榜的那年，外省的亲戚给父亲写信，说是为我找了份差事，让我去那边打工。送我走的时候，父亲一如往常那样，在身后默默地跟着。我劝父亲回去，因为我不想在车站看到和父亲分别的场面，我是一个眼窝子浅的人，我怕眼泪决堤。父亲执拗得很，说，帮你把行李拎到站里去吧，怪沉的。到了候车室，父亲从棉袄最里层的口袋里掏出一沓整整齐齐的零钱，一捆一捆的，我看见那些钱潮乎乎的，似乎冒着热气儿。父亲让我把它们都带上，甚至没有给自己留一元钱的回程车费。"我走着回去就行了。"父亲说，"也没多远。十多里的路，一眨眼就到家了。"

我非要让父亲带走一些钱，父亲不肯。我和父亲撕扯着，谁也不肯妥协。我知道父亲的脾气，只好硬了心肠收下那些潮乎乎的钱。父亲忽然想到了什么似的，又把那些钱要了回去，并对我说，"你等一会儿，我马上回来。"就看到他急急忙忙地钻进人群中。父亲在大街上左顾右盼，不懂红绿灯，险些被一辆轿车撞到。那个司机大声地呵斥父亲，我看到父亲点头哈腰，对着人家满脸谦卑地赔着不是。

火车要开了，父亲还没有回来，我很着急，却也暗自庆幸。

我想这下父亲可以把那些钱拿回去，也不用遭罪走着回去了。不想父亲一路跑着回来了，他跑起来的姿势很怪异，有点一瘸一拐的。我问他的脚怎么了，父亲一个劲儿地说，"没啥，就是崴了一下。"然后从兜里掏出一张崭新的百元票子和几张零块的，"我去储蓄所给你换了个整票的，这样带着安全。这些零钱你也带着路上花，别饿肚子。"

我的眼泪终于不争气地涌了出来，大冷的天，父亲却跑得大汗淋漓，只为了找个储蓄所给我"化零为整"。

火车徐徐开动，我看到父亲一直站在那里，父亲渐渐地小了，小成一只不停地向我挥着手的蚂蚁。

那不停地挥着手的蚂蚁，在我的心底沉淀着，慢慢沉淀成一滴墨。

我这一走就是几年，回来的时候，父亲明显老了很多，背也微微地驼了。

记得更小的时候，老爸最爱举起我，放我在粗粗的树干上，看我摇摇晃晃的样子，就咧着嘴大笑。老爸，是我的菩提树，一直呵护着我随心所欲地长大。待我真的长大了，却经常不在他的身边，偶尔在周末陪陪他的时候，他也会说："去吧，该干吗干吗去。累了，就回家。"然后就看见他拖着不再健康的身体，在黄昏里缓缓地踱来踱去。心不自觉地跟着悲凉起来，不敢想象，这个在站台上，不停地向我挥手的蚂蚁，会不会有一天突然消失，像一滴墨水离开一张纸，让我的世界变得一片空白呢!

父亲在黄昏里的背影是萧瑟的，但就是这个微微颤抖的背影，包裹着我所有的幸福。冬天，我在父亲的背影里取暖；夏日，我在父亲的背影里乘凉。

一个慢慢远去的人，一个渐行渐远的背影，他是我生命中的一滴墨，浓浓的，饱含深情。

蘸着它，能写出一段感动灵魂的诗；蘸着它，能绘出一幅浓墨重彩的画。

婉约之门

在等待的日子里，人像黄花一样瘦了，黄花像人一样秋了。

只能在秋天，只能在秋天的一个下午，只能在秋天的一个落着细雨的下午，我才能坐下来，用手中的瑟瑟之笔来描摹李清照，这个一生悲凉的女人。

我坐在一扇玻璃窗边读一本婉约的词集，阳光一寸一寸地涨，渐渐漫过膝盖，当它漫到浅灰色的书页上时，还是不能暖过来一颗因怜惜而寒冷的心。

窗外卖烤地瓜的女人是幸福的，因为有丈夫脏兮兮的手为她擦拭汗水；不远处的阳光下织毛衣的女人是幸福的，因为她在毛线上感受到了爱人的体温；菜市场里与小贩讨价还价的女人是幸福的，因为她看到了丈夫吃饭时的狼吞虎咽……只有李清照是不幸的，因为她的前半生太幸福。

那是一段段悲欢离合的故事，昨夜或者今宵看到的东西，一幅幅从宋代晃动着移过来的画面：关于幸福被捧在怀里时的梦呓以及被撕碎时的苦言凄语，关于月亮上的一次次团圆和一幕幕葬礼。

我看到一只蝴蝶或者蜻蜓悄悄落在她的衣袖上，倾听她美丽在风中飘来荡去的叹息。一片片叶子，是她日夜操劳的心。一阵风吹乱她的思念，她拂了一下长发，走回屋中，取出笔墨纸砚，想把这些美好的事物填进词里。

世俗的声音无法惊动她，她的屋子，是花朵围成的禅房。她高洁的身影，只在花园与云朵间徘徊。

她又开始怅然地回忆了，一杯淡淡的茶，一段清苦的琴声，一个她深深呼唤着的名字。那些往事的风筝无法飞远，因为她手心里紧紧握着思念的线。

她流了一滴泪，宣纸上便开出了一朵莲花。那颗被思念扯碎的心，仍在月光下流浪。梦是佛堂，她踏进去，仿佛听到涅槃的声音。有羽毛飘落，有阳光升起，让每一个伤口都能开出花朵，让每一双眼睛都能相信明天。可终有醒来的时候，犹如黄粱一梦。寂冷的身边，人和神一个都没有。

她持着一根孤单而哀伤的毛线，日夜不停地缠绕成一件思念的毛衣，为自己取暖。她想对他说，回来吧，声音轻得像落在耳边的雪。

一个是另一个手心里牢牢攥紧的恩赐，一个是另一个眉结间苦苦锁住的哀怨。李清照盼归的男人没有回来，曾经的甜蜜和幸福猝然间变成苍凉苦涩的记忆，幸福像糖一样在思念的时光中化掉了。

在等待的日子里，蝴蝶骤然老去，如秋日里一片片斑驳的叶子；在等待的日子里，蜻蜓纷纷出嫁，带着它们薄如蝉翼的幸福；在等待的日子里，人像黄花一样瘦了，黄花像人一样秋了。

她的声音在摇摇欲坠的宋代末年渐渐沙哑，倾听的水却在千年后的今夜涨潮。当秋风中的落叶渐渐把一扇婉约的门覆盖的时候，我如同回到了那个时代，并与一位女子惊鸿一瞥。

婉约之门里那个一闪即逝的女词人，秋风中的苦命红颜。

我听到了叶子的尖叫

一丝风，也没有。而我却听到了叶子的尖叫。

一丝风，也没有。而我却听到了叶子的尖叫。

那尖叫里带着对生命的谐谑，带着对往事的深深眷念。那尖叫被一只慢慢蠕动的小虫驮着，缓慢爬行。那尖叫随着阳光下的一滴露水，被慢慢蒸发。

我似乎看到它探着小脑袋，好奇地张望着这个世界，每一寸阳光都令它欢欣鼓舞，每一丝风都令它手舞足蹈。尖叫的，还有一双好奇的眼睛。那双眼睛始终在探寻，包括叶子的每一个纹路，似乎要循着这个痕迹窥探到它的前世呢！

那尖叫里也有无奈，因为那些无法抵挡的灰尘。

但灰尘是不可避免的。灰尘是日子的润滑剂，让生活不停地向前滚动。

叶子，那么安然地镶嵌在我的玻璃框里，彼此守望，它也有睡意蒙眬的时刻呢，除了尖叫，我一样听得到它微微响起的鼾声。

每每看到树，我总是习惯去抱抱它，闻闻它的叶子。还记得少年的自己做过这样的一个梦：拥有一家只在夏天开放的超市，24 小时营业，而且一定是在大树旁；坐在二楼的厅堂里，裸着足，透过亮净的窗玻璃，望着窗旁摇曳的树叶，心里定是十分安谧的。

对叶子的感情，怕是从这个梦开始的。

小时候，你也喜欢用叶子做书签吧。在叶子上面写一些美丽而年轻的句子，写一些对某个人朦胧的爱意，像梅花鹿的蹄子一样，迈着年轻时代的小碎步，把一份若隐若现的情思透露给叶子。

坚信叶子会守口如瓶，不会泄露你的半点幽怨。只是，当它已成残骸，在你的书页间渐渐失去体温的时候，你感觉到它的微凉了吗？

许多年以后，你和那喜欢的人再度相遇，人事沧桑，各自都已变化太多。你把书页里那些风干的叶子拿给那个人看，你说，"看，曾经有一场暗恋美丽了这枚叶子。"她黯然，"一颗心为什么要等到现在才打开？"

是啊，为什么要等到现在才打开？不得不承认，在叶子面前，我是一个胆怯如鼠、微渺如蚁的人。不光是感情，在面临令人措手不及的无常人事时，我常常会逃走，留下一克拉的

204

恐惧。

还好，夜是我的，它可以为我疗好白天受到的伤害。在氤氲的灯光下，在酒精的环抱里，尽情挥霍着所剩无几的青春。我可以无比炫耀地说，在夜里，我是一个如鱼得水的精灵。但是，当那个早晨温柔的阳光将我摇醒的时候，我看到了阳台上那盆水仙的叶子，一滴酣睡的露水也正在慢慢醒来，顺着叶子的尾翼向下滑去。我被这无比生动的场景感染着，第一次感觉到，无数个妖娆的午夜和余香未尽的凌晨，都抵不过这一个优雅的早上。

多久了，只感到被生活推着向前走，没有力量后退，更无法重来。

兴奋还未褪去，心已经空荡。聚会、应酬，生旦净末、嬉笑怒骂，人前流露豪爽的性情，站在空空的屋子里时，却只影孑然。指尖的烟，明明灭灭，一圈一圈，皆为寂寞。

忽然，有了一种危机感，感觉到时光的残酷，它已经不知不觉地把你赶到了青春的边沿。我越来越像一片空中飘落的枯叶，无奈，苍凉，却努力以最优美的姿势飞落如蝶。但我亦深知，叶子最后的舞蹈里，不再有尖叫，换成了一种如释重负的欢畅的吟咏。

这一点，我当学叶子。

对时间变得模糊，对人情变得淡然，对世界变得漠不关心……一年一年，就这样随波逐流地过去了。有人，曾到过我的窗外，或者曾想要问我，为什么这样生活吗？

杂乱的风景来去匆匆，人，太寂寥，容易让一些无关的东西混进记忆。

每天从钢筋水泥的城市中穿过，偶尔也见到一些"大自然"的东西。比如花市里的花，离开温棚会很快地次弟死去；比如染上五颜六色毛茸茸的小鸡，被当作安全又廉价的孩子的玩具；比如空中那巨大但呆滞的鸟儿，其实那只是风筝……

真实的，亲切的，怕是只有这在早晨尖叫的叶子了。

人，很多时候做不到如叶子般洒脱。绿的时候，恣意妖娆地登场，黄的时候，了无牵挂地谢幕，绝无半点黯然销魂之意。

我当努力使自己成为那样一片叶子。

一丝风，也没有。而我却听到了叶子的尖叫。

一朵云，全身长满翅膀

为一朵云让路，就是给自己的灵魂让路。

一朵云，全身长满翅膀。它欢笑，世界便灿烂，鸟语花香；它哭泣，世界便开始传递忧伤。云在我的眼眉上方，为我的梦想搭窝筑巢。云在天空，伸展翅膀，将尘世的辛酸与疼痛揽入怀中，然后变成泪水，洗刷着这个世界的污浊。有时，它化成风暴，卷起世界的垃圾，让欲望在高楼的顶层发抖。

云，仿佛信纸被一片片撕碎，仿佛梦想被一层层包扎。云，永远不会奔跑，它在散步中领略着尘世花园的美。

可是现在，它不动了，它停在马路上空，像一幅安静的油画。世界一下子变得干净了，因为这块巨大的手帕。它能拧出眼泪，在你想要哭泣的时候；它能传出音符，在你想要歌唱的时候。

那天我们都很忙，车子开得飞快，仿佛钱币在前面跳舞，仿佛被欲望点着了屁股。在不得不停下来的闪着红灯的十字路口，我听见一个孩子对另一个孩子说：等一等，让那片云先过马路。

孩子，你们是怕我们这些盲目的车子撞到云吗？是怕那片云掉眼泪吗？还是，单纯地只想给云让路？给云让路的这段时间里，世界发生了很多变化：很多汽车开过那两个孩子，有人停下车看看他们，又看看天上，失望地走开；更远的地方正在召开会议，很多人的命运就在会上决定了。云飘过去，在这个城市最繁华的地段上空。它擦拭着城市生了锈的思想，擦拭着一双双被灯红酒绿迷失的眼睛。

记得一个士兵的死是关于云的：在战壕里，士兵忽然抬起头，看见一朵悠悠飘过的云，他情不自禁地抬头仰望，一会儿把它当成心爱的人寄来的情书，一会儿把它当成从故乡游移过来的羊群，完全被云那千姿百态的美所吸引，忘记了这里是战场，结果一枚炮弹在他身边爆炸了。他死了，死得并不壮烈，却很优美。如果整个世界都能像那个士兵一样，为一朵云让路，这个世界就不会有战争了。

为一朵云让路，就是给童年让路，给一只绣满祝福和愿望的风筝让路；为一朵云让路，就是给梦想让路，给一串蹦蹦跳跳的音符的蝌蚪让路；为一朵云让路，就是给自己的灵魂让路。

"少女从别人的眼睛里看到含苞未放的自己，便以为这个世界永远不会再有坏消息。"我从夜的沼泽里爬出，嘴角还挂着梦的衣裳。我急急地打开窗子，看今天的云是安静的还是喧嚣的，是快乐的还是悲伤的。云，从不曾为谁收起翅膀。但是今天，我感觉到它落地了。它从没有像今天这样，深深扎根在人间，再不去漂泊。

下午四点的阳光

在北方的冬天，下午四点便是黄昏，是一天的天涯。

北方的冬天，每一天都很脆很短，像掐头去尾的芹菜，在闪亮的瓷盘里晶莹欲滴，尽展妖娆。

下午四点的阳光，依然很刺眼。很多事物被镀上金辉，多了些思索的味道。

必须交代的背景是，北方的，冬天的，下午四点的阳光。三个定语如同三顶帽子，扣在太阳的头上，却依然无法掩盖那灿烂的光华。

下午四点的阳光，像一个巨人被捆缚了手脚，他使出浑身解数，他憋红了脸，在天边挣扎。

他在妄图挣脱某种命运吗？

他无法阻止黄昏的来临。下午四点的阳光，在向我呼救。不，是向每一个凝视他的人呼救。

在北方的冬天，下午四点便是黄昏，是一天的天涯。

在这个天涯，我哀伤遍地。我既怜悯庸人的浑浑噩噩，老守田园，又慨叹雅者的曲高和寡，知音难寻。

生意上的失败，情感上的挫折，使我在这个冬天感到格外寒冷，灵魂里冒着丝丝凉气。我总想伸出手去，想抓到某些温暖的事物，烤烤手、暖暖心。于是，我看到他们了。冬天里最灿烂的颜色，一簇最旺盛的火，那些扭着秧歌的花枝招展的老人们。

他们舞蹈着，把寒冷甩开。那些热爱生命的老人，让我在这个冬天格外温暖。每天，我都会隔着窗子看到他们，每一次，他们扭完秧歌，都会结伴拿起扫帚，打扫小区的各个角落。他们中有很多腿脚都不灵便了，干活的时候显得有些吃力，但他们笑语盈盈，充满活力。他们总是说，到处干干净净的，多好。

这些朴素的心灵，在我的心头洒下阳光。我想或许我没有幸福，但我至少会成为一些流通的货币，在幸福的人手中传递。那些幸福，如此迅疾地传遍全身，输满记忆的血管。就想起韩剧里金三顺说过的话：生活就该这样啊，认真地吃饭、睡觉，认真地恋爱、幸福，认真地悲伤、释然。

那个夜里下雪了，第二天清晨，我走在小区干干净净的街道上，看到了老人们堆的几个大大的雪人！生命多么美好，哪怕在这只有黑白两种颜色的天地，哪怕在这冷却了所有翅膀的冬天。在我清亮亮的心里，这些雪人永远不会融化，哪怕是到了春暖花开的时节。

我昂首走过了那个艰难的冬天。我不再哀伤地望着下午四点的夕阳，我知道，每个生命都有自己的轨迹，不论是喷薄而出的年少，还是如日中天的青春，最后都将急急地奔赴晚年，夕阳西下，做一片缓缓落下的叶子。

缓缓落下的叶子，也可以随着风儿舞蹈。就像眼前的这些老人，有些笨拙地扭着秧歌，但却那样认真，一丝不苟，里里外外透着生命的不竭气息。

下午四点的阳光，终于安歇，不再挣扎。因为他知道，每一天都是一个生命的演练，就连夜晚的睡眠也不过是死亡的预演。轰轰烈烈也好，安安静静也罢，终要仔细地去度过这分分秒秒。

这滚烫的落日像一只即将熄灭的烟斗，在熄灭之前还要被世人狠狠地吸上几口，留到夜里提神醒脑。当他平心静气地熄灭自己，便不再令人感到悲伤。

那些老人让我懂得，如果你热爱生命，你的黄昏便和清晨一样光鲜，你的生命就没有天涯。

日子短了，不自觉地就懂得珍惜时间了。在变短的日子里学会了精打细算，日子反倒精致了许多。

日子短了，我们还会把它抻开。

人生短了，我们却可以将自己的背影拉得很长。

第六辑
蓝是月亮追求的优雅

这些流经生命，又从生命
中渗漏出去的水，可以酿
酒，可以醉人，可以醒世，
可以洗心。

别踩疼了雪

夜晚再黑，也压不过雪的白。

我和女儿在焦急地等待着一场雪的降临。

雪，只在女儿的童话和梦境里飘过。我一直这样认为：没有触摸过雪花的女孩，永远做不了高贵的公主。我领她到雪的故乡来，就是要让她看看雪是怎样，把人间装扮成宫殿，把人装扮成天使的。

带女儿来北方，就是为了让她看雪。因为我无法为她描述雪的样子，而她又是那么渴望见到它。

雪开始零星地飘起来，我和女儿激动得手舞足蹈！

它多美啊，轻盈、飘逸、纯洁，让人爱不释手，让人目不暇接。

女儿伸开手掌。但她马上发现，我们的手掌可以接住雪花，但雪花无法承受我们的爱意，在手掌心里只亭亭玉立了那么一会儿，转眼就消失得无影无踪了。

但女儿并没有收拢她的手掌，她依然执着地积攒着手中的白色花瓣。雪渐渐大了些，女儿小心翼翼地捧着她的雪花，她说要把它带回去，在妈妈的坟墓旁边堆一个大大的雪人。

女儿的话深深触动了我。原来，女儿一直嚷嚷着要来北方看雪，真正的目的还是为了她的妈妈。

我不忍提醒她，我们永远也无法将雪花运到南方去。我总是提醒自己：孩子的心灵是最纯洁的一片雪地，在他们心灵上经过的时候，一定要小心又小心，不要弄脏了孩子的世界，不要踩疼了他们的梦想。

女儿没有见过她的妈妈，在她出生的那一刻，她的妈妈便因为难产离开了我们。仿佛一切都有预感一样，在妻子的日记里，我看到了她写给自己未出生的孩子的信。她说：即使有一天她离开了人世，她的魂魄依然会缠绕在孩子的身边，春天她就是早上第一缕吻着孩子脸颊的阳光，夏天她就是那大树底下的阴凉，秋天她就会变成一朵朵云彩，冬天的时候她就会变成雪花……

每当女儿问我她的妈妈在哪里的时候，我就会对她说，你妈妈离开这个世界了，但她爱我们；春天的晨光，夏天的绿荫，秋天的云朵，冬天的雪花，这些都是你妈妈变的，她一刻都没有离开我们。女儿记住了我的话。春天，总是太阳刚一露头就醒了，她说妈妈在唤她起床呢；夏天，她总是习惯把书桌搬到那棵大树底下去做作业；秋天，她总是趴在窗台上，托腮凝望天上的云。我知道，她那颗小小的心在用她自己的方式怀念着母亲。

可是冬天，她找不到与母亲的联系了。因为南方没有雪。

这就是她要来北方看雪的原因啊！

雪花在天空舞蹈！

天空阴暗得仿佛是大地，大地晶莹得仿佛是天空。

夜晚再黑，也压不过雪的白。

第二天清晨，女儿轻轻推开门，小心翼翼地踩出了一行小脚印。她对我说，"爸爸，顺着我的脚印走，别踩疼了雪。"

那一刻，我看到全世界都是洁白的，包括人类的心灵。

捆绑苦难

把两个人的苦难捆绑到一块，苦难便消解了一半。

在那次关于矿难的采访中，我接触到一位被双重苦难击中的中年妇女：瞬息之间，她失去了丈夫和年仅 18 岁的儿子。

她在一夜之间变成孤身一人，一个家庭硬生生地被死亡撕开两半，一半在阳光下，一半在尘土里。

两个鲜活的生命去了，留下一个滴着血的灵魂。悲伤让她的头发在短短几天就全白了，像过早降临的雪。

一个人的头发可以重新被染成黑色，但是，堆积在一个人心上的雪，还能融化吗？

那声沉闷的巨响成了她的噩梦，时常在夜里惊醒她。她变得精神恍惚，时刻能感觉到丈夫和儿子在低声呼唤着她。

同样不幸的还有，一个刚满 8 岁的男孩，父亲在井下遇难，而在上面开绞车的母亲也没能幸免于难，强大的冲击波将地面上的绞车房震塌了，母亲在被送往医院的途中离开人世。

在病房里，我们不敢轻易提起这场噩梦。主编给我们的采访任务是关注遇难职工家属的生活，这使我们左右为难，我们真的不忍心再掀开她的伤口，那一颗苦难的心灵简直就是一座随时都有可能爆发的悲伤的火山。

我们沉默着，找不到可以安慰她的办法，语言彼时显得是那样苍白无力，就像一个蹩脚的画家面对美景时的束手无策。

由于过分悲伤，她整个人都有些脱形了。但最后还是她打破了沉寂，在得知了我们的来意后，她说，活着的人总是要继续活下去的，但愿以后不会再有矿难发生，不会再有这样的一幕幕生离死别的悲剧。

我在笔记本上收集着那些苦难，那真是一份苦差事。每记下一笔，都仿佛是在用刀子剜了一下她的心。那一刻，我的笔滴下的不是墨水，而是一滴滴血和一滴滴眼泪。

在我问到以后生活方面的问题时，她做出了一个让我们意想不到的决定，她要收养那个失去父母的孩子。

"我不能再哭了，我要攒点力气，明天还要生活啊……"在她那里，我听到了足以震撼我一生的话："我没了丈夫和孩子，他没了父母，那就把我们两个人的苦难绑到一块吧，这样总好过一个人去承担啊。"

把两个人的苦难捆绑到一块，那是她应对苦难的办法。厄运降临，她没有屈服，她在这场苦难中懂得了一个道理，那些逝去的生命只会让活着的人更加珍惜生命。

短短几天的采访行程结束了，临走的时候，我去了她的家，我看到她把院子收拾得干干净净，几盆鲜花正在那里无拘无束地怒放，丝毫不去理会尘世间发生的一切。那个失去父母的孤儿正在院子里和一只小狗快乐地玩耍。我如释重负松了一口气，抬头就看到房顶的炊烟又袅袅地飘荡起来了，那是在生命的绝境中升起的炊烟啊，像一根热爱生命的绳子，在努力将绝境中的人们往阳光的方向牵引，虽然纤弱，但顽强不息。

我知道，在以后的生命中，无论身处怎样的困境，我都会坚强地站立，因为我知道，曾经有一个人，用她朴实的生命诠释了她的苦难——

把两个人的苦难捆绑到一块，苦难便消解了一半。

灯　笼

　　把自己也做成了一盏灯笼，用善良做芯儿，用爱心当罩。

　　父亲做灯笼的手艺远近闻名，但父亲从不以此为业，靠它来赚钱。许多人为感到父亲遗憾，嫌他浪费了这一身手艺。父亲却总是憨厚地笑着说：当玩了，闲着也是闲着。

　　逢年过节，很多人家都来求父亲做灯笼。自然不会白求，家境殷实些的，会给些闲钱。所以童年里，我们过年总会吃到很多好吃的，也有新衣服穿，放的鞭炮也多，和别人家的孩子比，我们要算是幸福的了。家境贫寒的穷人，会拿些粮食来求灯笼，他们宁可从嘴里省出来几升粮食，也要做个大红灯笼，图个喜气。他们心中，有一个思想根深蒂固，他们把灯笼当成一种寄托，当成了好日子的火种。父亲一视同仁，无论穷人还是富人，一律应允，害得自己整个腊月都闲不下来，忙得昏天黑地。但望着一家家大红灯笼高高挂，父亲就会一边抽着烟袋，一边很满足地笑，把眼睛眯成了一条连小咬儿都钻不进去的缝。

父亲的灯笼完全由竹子制成，而且用以编织的竹篾十分精细。这种呈椭圆形的灯笼被称为长命灯，也叫火葫芦或火蛋灯。灯笼通体由竹子制成，故有富贵驱邪之说。竹子四季常青，在民间寓意长命富贵。依我们这里的民俗，逢年节点亮竹制灯笼不仅增加年气，还可保一辈子不受穷。另有虔诚的人说，如果哪家媳妇婚后没有身孕，娘家妈便会在除夕夜偷偷将灯笼点亮悬挂在女儿寝房外，来年肯定能抱上孙子。还有的人说，点上灯笼，可以使家里人都健健康康的，没病没灾。各种各样的说法，不一而足，但中心只有一个，都是些善良而美好的愿望。

点灯笼还有讲究，正月过完，一般要将灯笼燃尽。迷信的老人说把灯笼留到来年会对子孙不利，不过父亲不舍得将它烧掉，正月后，将灯笼芯掏空，再用布将两端缝合，就给了我当蝈蝈笼子。

做灯笼是个细致活儿，需经过片竹、削竹、编织、定型、上纸、写字、上油等烦琐的过程，每个过程都需要严谨的操作，只有在灯笼腰身糊裱上一圈红色皱纹纸，灯笼才算有灵魂，细密的纹路衬上红色，一份喜气便骤然附到灯笼身上，挥之不去。

父亲认真对待每一个灯笼，从不糊弄别人，一丝不苟地编制着手中的灯笼。他虔诚地认为，每个灯笼都是有灵魂的，只有认认真真地编制，每尺每寸都一丝不苟地完成，让每根竹条都规规矩矩，恰到好处地排好队，站好岗，灵魂才能在灯笼的身体里呆得安稳。那些灯笼做好后，父亲的手上便落满疮疤，那都是让锋利的竹条划伤的。

邻居拴柱来求灯笼，拿来了半袋米。他挠着头，不好意思地对父亲说，因为领阿爸去治病，过年才回来，没赶上定做灯笼。只想来碰碰运气，看父亲有没有多做出一个来。我们知道，拴柱家境贫寒，而且家里的老人病了很久，花了很多钱医治，吃了很多的药也不见效。

"我只想把灯笼高高地挂起来，没准阿爸的病很快就会好了。"拴柱充满期待地说，仿佛这灯笼真的成了救命良方。

父亲刚开始犹豫了一下，但听到拴柱这样说，便斩钉截铁地说道："有，正好多一个。"父亲从里屋拿出了一个又红又大的灯笼递给拴柱，"把这个拿回家挂上吧，希望它能灵验，让你阿爸的病早日好起来。"拴柱一个劲儿地道谢。父亲还撵出家门，硬是把那半袋米原封不动地塞给了拴柱。父亲心软，看不得别人的苦。"你们家条件不好，这个就拿回去吧，这可是你们过年要吃的白米饭啊。那个灯笼算我送给你们的。"

拴柱被父亲感动了，堂堂一个五尺汉子，在父亲面前直抹眼泪。

那是所有灯笼中做得最好的灯笼，那是我们留着自己挂的灯笼。可是父亲却白白将它送人了。我在心里和父亲赌气，嫌他把自己家的灯笼送给了别人。父亲却说，如果拴柱那个虔诚的愿望可以成真，那么我选这个最好的给他，自然就会更灵验一些。

那一年，我们家虽然没有灯笼挂，但左邻右舍高高挂起的灯笼，那些被赋予了灵魂的灯笼，仿佛格外地惦记着制造它们的人，争着要把光亮照过来似的，把我家的院子照得透亮。人们不约而同地仰起了头，看着那光闪闪的被赋予了生命的喜气的家伙，用对生活最大的热爱将一年的快乐都渲染在灯笼上，仿佛看到了光灿灿的丰收的年景，看到了衣食无忧的将来，看到了一个个即将成真的美好愿望……父亲微微有些喝醉，看着那些在风中飘荡的红红的灯笼，不无骄傲地说，总算没有瞎了这身手艺。

现在我才懂得，父亲在编制那些灯笼的时候，把自己也做成了一盏灯笼，用善良做芯儿，用爱心当罩，这盏灯笼高挂在我的心里，一生都不会熄灭。

磨盘是故乡的一颗痣

磨盘和井一样，是村庄的精神。

磨盘，是故乡的一颗痣，让漂泊在外的游子，日夜挂牵。

傍晚，在电脑上和几千里地以外的父亲视频，唠着家常。忽然对父亲说："用手机拍一下咱家那个磨盘，给我传过来，我想看看它。"父亲充满怨怼地说："浑小子，这么多活物你不稀罕，却稀罕个不会说话的石头。"

是的，我稀罕那块石头。有一次在梦里，我光着脚，站在那磨盘上，大声朗诵着自己的诗歌。我把那磨盘当成我的听者，把那呼啸而过的风当成掌声，我像一尊雕塑，伟岸而悲怆，眼里含满泪水。所以，一直想，用那个磨盘做背景，拍一张照片，我知道，我脸上的皱纹，已经可以和那些斜着的磨齿匹配。

和我不一样，磨盘的皱纹与生俱来。它一出生就老了，它没有童年。这算是它的不幸吧。不过，它却可以比我永恒，这又是它的幸运。

小时候，父母大声喊我们回家，不外乎只有两件事，一件是回家吃饭，一件是回家推磨。一件令我们兴冲冲地回，一件令我们灰溜溜地归。还好我们兄妹四人，可以轮流推磨，我们几个讲好，二十圈一换人。咬着牙，一圈一圈地数，等累得眼冒金星的时候，总算有人接替，松口气，过一会儿，还要接着推。磨盘，因为闻到了新鲜豆子的味道而生机勃勃起来，吱吱呀呀仿佛哼起了老掉牙的歌儿。

磨了大半夜，总算把一袋豆子磨完了。我们去睡觉，父亲和母亲却要挑灯夜战，把磨出来的豆汁做成豆腐，第二天拿去卖掉。

后来买了驴，我们总算解放了。驴被蒙上眼睛，套上枷锁，围着磨盘开始转圈。我总在想，驴这一生要围着磨盘走多少圈呢？它自己会不会也在数自己走了多少圈呢？数了又能怎么样，没有另一头驴子可以替换它，永无休止的劳作就是它的命运。

磨盘，曾是我们最简朴的桌子。盛夏的夜里，我点着煤油灯，在那上面写过作业，众多的飞蛾绕着那微弱的灯飞个不停。月亮像块发霉的干粮，却也不妨碍我幻想着一口咬下去。

我在那上面磨过铅笔尖儿，砸过核桃，一家人围坐在那里吃饭，就着没有消散的豆汁的香味。

闲暇时，父亲与老哥们在那上面下棋，父亲的棋艺不敢恭维，基本属于"臭棋篓子"的范畴，气势上却总是压人一等，把个象棋子摔得啪啪作响。我和小伙伴们也常常在那上面打扑克，激战正酣的时候，母亲总是不合时宜地走过来，像撵鸭子一样地撵走我们，拿出一把菜刀在上面磨来蹭去。

磨盘，经年累月守在那里，吸纳阳光也吸纳着月色，承接雨露也承接着雪花，无声地铭刻着村庄的历史。

如今，村庄里很少能再寻见磨盘了。如今的乡村也有了成排的楼房，有了健身的广场，乡村仿佛一个质朴的女子做了美容一般，顷刻间妖娆了起来。

乡村变漂亮了，可是磨盘，那颗最美的美人痣，却也因做了美容而一并给做了去，不见踪影。

魏明伦写过一篇《磨盘赋》，文辞诙谐，用意深远，非常喜欢，忍不住辑录一段："磨盘推日月，磨道绕春秋。春种夏长，秋收冬藏。愿仓廪积粮成山，守磨坊挥汗成雨。稻麦磨成白玉屑，苞谷磨成黄金沙。青纱高粱，磨成红粉；绿荚大豆，磨成雪浆。北方磨豆汁，南方推豆花。蒸不烂，捶不扁。响当当铜豌豆，铁铮铮石磨盘。天生一对，地配一双。珠落玉盘，耳鬓厮磨。顷刻销魂酥骨，化为软玉温香。碓窝舂碎紫八角，磨盘改造黑五类。乌豆乌丝粉，黑米黑馒头。白案技巧，水磨功夫。削面挥刀即削，燃面点火欲燃。御厨蒸饺，乡炊麦粑，中秋月饼，春节年糕。古人之主食，多从石磨而出；前人之营养，半与石磨相关。磨盘腹中之物，皆可磨碎；而磨盘本身之功，却不可磨灭也！"

磨盘和井一样，是村庄的精神。就像美酒是粮食的精神，金子是矿石的精神。而我更愿意把它看成是一颗痣，长在思乡人的心上，永远不能剔除。

磨盘，故乡的一颗痣。一颗令人魂牵梦萦的美人痣！

不想拆掉你的翅膀

有时候，拒绝也是一种帮助。

他是个不到 20 岁的年轻人，一个文学爱好者，带了厚厚的一大本他自己写的文章，赶了很远的路，就为了来拜访我，希望能够得到我的一些指点。

他和我说，他是攒了好几天才攒够了来看我的路费，路上都不敢吃什么东西，怕把回去的路费吃掉了。说到这，他羞怯地低下了头。

我为这个虔诚于文学的小伙子感动了，拿毛巾给他，他一边擦汗一边羡慕，"你的工作可真好，多么宽敞漂亮的办公室啊！"

我说，好好写你的文章，你也会有这样的办公室的。

我带他去食堂吃过饭后，他一再地掏出他口袋里的一些零块钱，对我说："囊中羞涩，不好意思，第一次来什么也没给您带，您不会见怪吧？"

我见过富人显富，却没见过穷人显穷。

怎么会呢。我拍着他的肩膀，劝他不要想那么多。

我看了他写的那些文章，华丽有余而力量不足，但总体还是不错的。如果坚持下去，定会有不小的收获。我的褒奖显然增添了他的自信，他说他一定会加倍努力，一定要写出个名堂来。我给他留了电话号码，告诉他有什么事情可以随时来找我。他接过我的名片，手有些抖，满怀感激的样子。

天有些晚了，我不停地看着手表，示意他应该走了，不然会赶不上回去的车。他大概也看出了我的担心，说没事，回去的车有的是，就是天黑了也有。然后，他就有些不好意思地说："能不能再到你的食堂里吃顿饭啊，那样，在回去的路上我就可以不吃东西了。"

当然可以啊。我爽快地领他去食堂，让他吃了个饱。然后又替他打了满满的一盒饭，让他带着在路上吃。在办公室里，他看到地上堆了很多纸张，向我索要，说反正你这里这么多，我也可以用它们多练笔写东西。我就找了个袋子，帮他装了些洁白的纸张。心里却忽然有了一种说不清楚的感觉，令我的热情骤减。

他再一次感激涕零，发誓一定要写出好作品。

临走，他又一次掏出他的那些零块钱（他回家的路费），不厌其烦地说最近手头拮据，什么都没给我带，让我不要怪他。

我知道，他这是在暗示我替他买一张回程车票。

钱就在我的口袋里，但这次，我没有掏出来。

他和我说，有一次在车站，他没钱买车票，就向别人开口要，没想到有一个好心的人很慷慨地给了他50元呢。

他一再地暗示我，就差没有开口向我要钱了。可我依然装聋作哑无动于衷。

口袋里的钱被我握成了一个纸团。我知道，我不能把它交到他的手上，那样，它真的就成了一团废纸，没有尊严的废纸。

他用一种很奇怪的眼神看我，或许他觉得我是个吝啬的人，但我必须那样做，我只是不想让他养成一种过分依赖别人施舍的习惯。

对于一个羽翼未丰的年轻人来说，别人每施舍一次，就等于拔掉了他的一根羽毛。所以我不能施舍他，哪怕是小恩小惠，也等于是在拆他的翅膀。

"我也有过贫困潦倒的时候，"我想有必要和他讲讲我自己的故事，"那一次也是在车站，口袋里的钱不够买车票。但我没有向别人讨要，而是去杂货店买了一管鞋油和一个鞋刷，在车站帮别人擦鞋，擦一双鞋一元钱，一共擦了5双鞋，可是还不够买全程的车票。我就买了短途的票，然后在车厢里继续给别人擦鞋，一站又一站，如此反复。就这样，我擦了一路的鞋，也买了一路的票，终于到了家。"

他低着头，又一次羞红了脸。我感觉到了，这一次，是他灵魂里的羞愧。

有时候，拒绝也是一种帮助。因为我不想，拆掉你的翅膀。

在这之后的几年里，我们互相通信保持联系，我常常在信中鼓励他坚持下去。现在，他在当地已经小有名气，而且被当地文联破格录用，他也有了和我一样宽敞漂亮的办公室。他在给我的来信中真诚地表达了他的感激之情，他说："我之所以能有今天，都是因为您的那一次'拒绝'，拯救了一颗即将跌落山谷的尊严的心。感谢您，让我拥有了一双自尊、自强、自立的翅膀。"

优人一等的心

优等的心，不必华丽，但必须坚固。

优人一等的心，是什么样子？

我家门前有一个剧院，常常会有一些二人转的演出。那欢快的曲调儿常常在傍晚时分响起，整个上半夜的时光就都跟着颠跟着颤了。那里的门票分三个等级，最低也要 30 元一张。但这丝毫没有阻碍来看二人转的人们，剧院里常常是人满为患。

邻居张大爷是个二人转迷，一辈子就好这一口儿，可是家里的经济条件不好，根本没有闲钱让他去剧院里过瘾。这位爷自有他的高招，傍晚时分背着自家的藤椅，往剧院门口的大喇叭旁一放，美美地躺进去，摇着扇子，在暖暖的风里摇头晃脑地听起来，那叫一个美啊！

剧院的人精明得很，并没有驱逐他，因为他那无比享受的神情，也算是给剧院做了免费的活广告。两下成全，相安无事，乐得其所。

时间长了，张大爷便成了剧院的门前一景。那轻轻摇着的扇子，定是在他的心间扇出了最惬意的风。

这便是优人一等的心。

剧作家沙叶新曾经有过一个鲜为人知的笔名"少十斤"，不细心的人不明就里，仔细看，原来是将自己的名字劈成两半。沙叶新自己开玩笑说："将'沙叶新'砍去一半，也不过'少十斤'，可见沙叶新无足轻重，一共才 20 斤。"

胃癌手术后，有记者采访他，他照例幽默不断，"因为癌症，我的胃被切除了四分之三，我也是'无（胃）畏'的，你想听什么，随便问吧。"

这是一颗多么豁达而轻松的灵魂。把自己看得很轻，人才会松快。

沙叶新是出了名的"犟脾气"，向来都是不媚时、不曲学阿世，在任何环境下，都能做到不降志、不辱身、不赶时髦、不回避危险。有人评价沙叶新，说他是"不为权力写作的老戏骨"，他也确实是个秉承文人风骨的人，不做权力的吹鼓手，坚持自我思考、独立书写，绝不出卖灵魂。

这便是优人一等的心。

妻子喜欢捡垃圾，每次一家人出去吃饭回来，挺贵重的皮包里便都装着捡来的矿泉水瓶子。我觉得丢人，更让我不能理解和讨厌的是，孩子竟然也学她捡垃圾。楼下谁家丢的衣物妻子也都捡回来，破烂的缝补了，脏的洗了，阳台上总是堆得满满，像十足的垃圾场。我觉得妻子带坏孩子，让孩子小家子气，短了贵族气质，为此不止一次地和她争吵。直到后来我才知道，妻子每次卖了旧物都会带孩子去看一个没钱读书的孩子，他是妻子和女儿一起在帮助的孤儿。我无比惭愧，妻子这样是带坏孩子吗？她这样，只会让孩子的心，一点一点更靠近了阳光。

这便是优人一等的心。

毕淑敏说，优等的心，不必华丽，但必须坚固。

优人一等的心，不是你有多富贵，不是你有多霸气，而是照比那些庸常，多了一份优雅；照比那些喧燥，多了一份从容；照比那些冷漠，多了一份慈悲。

祖母是一片不知愁的落叶

我想，如果祖母是落叶，那么风一定是祖父。

门半开半闭，如秋之眸。

立秋了，吃过这些饺子，眼前的一切就都变成了夏天的遗骸。它们齐刷刷地排列在你的视野里，令你无力躲闪。比如树上那些坚守到最后的果实，健康地存活下来，把完美的心一直留到晚年。这已经是个奇迹，我们还有必要担心它晚节不保吗？深秋的葡萄，像含冤的眼睛，虽然被秋霜凌辱，却依旧鲜亮，晶莹剔透，闪着不肯谢幕的光。

阳光不再蹦蹦跳跳，像顽皮的孩子一下子变成了少年，一下子就有了心事。阳光开始为那些在秋天里哀愁着的人工作了，为他们摊开伤心的绿，晾晒着寂寞的红。

其实天气还没变，一如往昔，艳阳高挂，心却不知不觉间有了凉丝丝的感觉。因为叶子落了，曾经的青春不复存在，流

236

行歌曲里照旧挥霍着用之不竭的情感，但任凭沙哑的歌喉怎样声嘶力竭地挽留，青春都不再回头，你能做的，只有默默地清扫这满地狼藉。

也有不知愁的叶儿们，它们调皮地打着旋儿，姿态优雅，把生命中的失去当成一次惬意的旅行。

怀念祖母，是从一片叶子开始的，秋天的叶子。

叶子上错综复杂的脉络，像极了祖母的皱纹。但祖母并不悲伤，祖母的额头经常是金光闪闪，阳光喜欢在那里安营扎寨，那令人愉快的微笑常常使她的皱纹像是在跳舞。

在我的记忆里，祖母总是拿着扫把，试图把所有的哀怨清扫干净，只留给我们无忧无虑的鸟鸣。

祖母在那些落叶里不停地翻检，把中意的握在手心。祖母喜欢收藏落叶，这个习惯终生未曾改变，也让我感觉到，祖母永远不会衰老。

我在祖母的书里看到过那些落叶。祖母喜欢看书，她的书里总是夹着各种各样的落叶，仿佛是她为自己的青春留下的标记。每一段青春，都是一片叶子，那些青春的遗骸，无法言说的旧日时光，成了书签，丈量着一本书的里程，时刻提醒着你，哪些句子需要再一次的爱抚，哪些情节需要重温。

我从来没有见过祖父。父亲告诉我，祖父和祖母结婚一年后就去从军了，再也没有回来。作为军烈属的祖母受到了很多人的尊重，然而却没有人可以安抚她内心的苦痛。祖母习惯在那些叶子上面写字，一句半句的，大多都是哀婉的宋词。我想那是祖母用她自己的方式怀念着祖父吧。每年清明，祖母都会去祖父的坟前，把那些写了字的叶子铺满坟头，景象灿烂而华丽。这么多年，我没有见过祖母掉过一滴眼泪，但我知道，她的心就像是蓄了雨的云，轻轻一挤，就会泪雨滂沱，只是别人无法看见。祖母的眼泪，只居住在她自己的云里。

不管天气好坏，祖母总会朗声大笑，祖母的苦难像一座山，把她的脊背压弯，却压不弯她热爱生活的心。

在那些叶子上写字的时候，祖母是小心翼翼的，仿佛怕碰坏了一份念想。写上了字的叶子，就如同有了灵魂，重新活了过来。我想只有祖母懂得那些落叶，也只有那些落叶懂得祖母，她们惺惺相惜，彼此嘘寒问暖。

怀念祖母，是从一片叶子开始的，替那些果实遮过阴凉，从枝头跌落，背井离乡的叶子。

祖母在秋天的离世毫无征兆，只是那一天刮了很大的风，院子里的那棵老柳树稀里哗啦地掉落了所有的叶子。其实，也只有风能让叶子喘息或者感叹，在叶子的生命中，风往往扮演着接生婆和送行者的双重角色，所以叶子的心思只和风说，它只和风窃窃私语。

落叶也有遗言吗？在离开枝头的刹那，它和风都说了什么？谁听过它们交代的后事？

那些齐刷刷掉落的叶子们，是去陪祖母了吗？

我想，如果祖母是落叶，那么风一定是祖父。他们之间，有那么多缠绕不清的爱意。

我的祖母，一片写满诗句的落叶，一片不知愁的落叶，把生命中的失去当作一场旅行。

落叶从不惊叫，哪怕你踩到它的脊背。不像雪，不论你走得多轻，都会在你的脚下呻吟，仿佛踩碎了它们的骨头。

落叶从不惊叫，哪怕再多的苦难，它都只是去和风窃窃私语。

我似乎听到了落叶在说：等我，来赴一个灿烂的约会。在此之前，请好好生活，各自珍重！

冬天，有一盏叫年的灯笼

平淡中凸起的年，就这样点亮了我的童年，点亮了我的生命。

进了腊月，就闻到年的味道了。朋友在来信中说："这平淡中凸起的年，不知不觉地唤回了我们丢失了360天的心……"

这平淡中凸起的年，是让人归心似箭的五天。因为这五天，时光有了一个方向，它让日子里的水滴不停不停地流向一个叫年的湖泊，那里阳光普照，那里鸟语喧哗；因为这五天，岁月有了一个心脏，它让平淡中的脚步不停不停地走向一个叫除夕的家园，那里空气清新，那里人声鼎沸。

关于年的最快乐的印象始终在童年。那时，一个罐头瓶子里点上半截蜡烛就是灯笼，就能点燃孩子心上的火苗。我们拎着灯笼满街疯跑，像一群小小的天使，在夜里播洒着平安的消息，又像一只只萤火虫，积攒着一个个梦想，给苦涩的童年带来一点点安慰。那一盏盏幽暗的、跳动不息的火苗，照亮了一个个成长的出口，照亮了多年以后一个个爱的秘密。

那时，鞭炮是舍不得成联放的，要一个个地拆下来，一个个地放，在沉闷了许久的冬日，那时断时续迸出的响声像赖在炕上的懒汉的一个个响屁。可是在孩子们看来，那声响就美得如同诗人耳边的鸟鸣、钢琴家指尖上的涛声。等到把那一联鞭炮稀罕巴叉地放完之后，孩子们还有余兴节目。他们会在大街小巷搜寻那些"哑炮"，然后一一拾捡回来，把里面的炮药挤出来，再用纸一层一层地包好，安上一个捻儿，就成了最普通的"礼花"，在黑漆漆的夜里，找一群伙伴来，围成一圈，看这热热闹闹的焰火表演。

进了腊月，母亲便开始做黏豆包，蒸馒头，冻豆腐，忙得不可开交。母亲会把父亲提前买回来的糖果用一只篮子高高地挂在房梁上，免得我们这些"小馋猫"偷吃。可是不管母亲将它们挂得多高，藏得多隐秘，我们总有办法弄到手，往往是年还没到，年货先少了一大半，就连冻得比铁疙瘩还硬的黏豆包，也被我们硬生生地啃得只剩下个筐底。

父亲是从来不买对联的，只买红纸和墨汁。他总是兴高采烈地说："家里这么多大文豪，还写不出一副对子来？"我们就编词的编词，写字的写字，各司其职，不亦乐乎。对仗不工整，歪歪扭扭的对联常常惹来邻居的哄笑，可父亲一直让我们坚持这个习惯，这大概也是日后我喜欢上文学的原因吧。

过年的时候，我们要把一个大大的"福"字倒着贴在门上，内心的梦想只有一个：把福气关进门里。现在想想，福气不是关住的，而是源于你对世间、对别人爱的程度。所以在门上贴福字，其实就是在积攒对人间的祝愿。

平淡中凸起的年，就这样点亮了我的童年，点亮了我的生命。

冬天，有一盏叫年的灯笼。所以，日子虽寒冷却是明亮的。它使老妪的双颊重新染上青春的红晕，让她的丈夫在蓦然回首中，添几分惊喜。世人的心，透过厚厚的棉衣，又重新聚到一起。

在对年的守望里，家是最亮的一颗星。天南海北的人都向着家的方向奔涌而去。内心中无家可归的人是最为凄楚的人，哪怕他有山珍海味，哪怕他有名车豪宅。因为家不仅仅是一座房子，还要有一盏温情的灯，一个望眼欲穿盼你归来的人。

平淡中凸起的年，就这样轻声呼唤着我们丢失了 360 天的心。

蓝是月亮追求的优雅

因为从梦里出来，我真的爱上了这个世界。

以前，总是喜欢在夜里打开窗子，看一会儿月亮。那时候看月亮，清湛湛的，水灵灵的，仿佛随时可以滴出水来。可是现在不知道为什么，看到的月亮总是灰色的。是天空不再那么洁净了吧，是浸泡于世俗里的心不再纯粹了吧，又或者，是我的眼睛蒙了一层鸡毛蒜皮的烟火吧。我滴了几滴眼药水，努力眨巴眨巴眼睛，依旧无法把月亮从浑浊里捞出来。

直到听了妻子和女儿极富诗意的一次对话，我眼里的月亮才变回了最初的蓝。

"妈妈，今晚怎么没有月亮啊？"

"月亮躲到井里洗澡去了。"

"它为什么要洗澡？难道它一直都很脏吗？"

"不，因为它要把自己变得更蓝。"

"为什么要变蓝？"

"因为蓝是月亮一直在追求的优雅（女儿沉默了一会儿，她一定是被优雅这个词给绊住了）。"

"可是，为什么我看到的月亮不那么蓝（这正是我的问题）？"

"那是因为你的眼睛擦得还不够亮（令我醍醐灌顶的一句）！"

女儿似懂非懂地慢慢睡去，月光从乌云里出来了，透过窗帘的缝隙，慢慢浮上她的脸。女儿似乎感觉到了月光的痒，在睡梦里伸着小手去捉。

妻子轻轻地将孩子放下，盖好被子，慢慢俯下身，亲吻女儿的额头，那样轻，猫一般蹑手蹑脚，仿佛怕惊跑了月光。

我问她为何不把窗帘都拉上，她说："留个缝儿吧，让月光进来。你看月光多美，女儿一定会喜欢的。"

会喜欢的。在那样的月光里，女儿会看到很多美好的东西。会看到梅花鹿，听到它轻快的蹄子敲击出的乐音；会看到一颗颗小蘑菇，愉快地从地面冒出来，好奇地张望这个世界；会看到静静的湖泊，和那水面上漂着的写满祝福的小纸船；会看到微风中轻轻晃动的灯笼，把黑暗赶得远远……

那一刻，我相信，月光不仅仅浮在女儿的脸上，也定会滑进女儿的心里。"就算你拉上窗帘，月亮也在的。"我笑着对穿蓝色丝绸睡衣的妻子说，"你也是月亮啊，看，你多么蓝！"

在妻子身上，我感觉到，慈爱，会让一个人变得多么优雅！

那一夜，我梦见一个小仙女，蓝色的精灵。她问我："喜欢月亮吗？"我说："喜欢，但是它还有点儿不够蓝呢。"小仙女就捣碎了手中的蓝浆果，用力去涂。我笑小仙女的可爱，"那要涂多久才能把它涂得更蓝啊？"

"直到你爱上这个世界。"她说。

感谢这个梦，感谢梦里的小仙女，因为从梦里出来，我真的爱上了这个世界。

而在此之前，我曾一度对这个世界感到失望，因为白天里的钩心斗角、尔虞我诈让我身心俱疲，无法独善其身，仿佛涌进一个漩涡，只能不停地跟着俗念，随波逐流。但是从此刻开始，直到死去。我相信我看到的月亮都会是蓝色的，清湛湛的那种蓝，水灵灵的那种蓝。

那种蓝，可以洗净灵魂。

回想那个奇妙的梦，回想那个小仙女，我惊讶地发现，她一会儿变成女儿的脸，一会儿又变成了妻子的脸。

那一团瑟瑟发抖的暖

那颤巍巍地冒出来的几丝柔绿，仿佛一团瑟瑟发抖的暖。

有人说，这辈子在你身边陪伴过你的任何事物，哪怕是一只小狗小猫，哪怕是一盆花，也证明它们和你是有缘分的，说不定，在前世里，它们就是你最爱的人。

是的，我珍惜身边陪伴着我的每一样小东西，它们是暖的，尽管那暖，很微弱。

一个下雨的夜里，一只流浪猫贴着我的窗子，可怜兮兮地望着我，它在寻求一丝温暖。我打开窗子放它进来，它的身上发出腥臊的气味，很是难闻，我给它好好洗了个澡，才得以焕发了最本真的活力。

猫从我的后背开始向上攀爬，一直爬到我的肩头，然后安安静静地贴在我的耳边，一动不动。仿佛纯天然的毛围脖。我想，这肯定是一只太缺少关爱的猫，它用这样暧昧的讨好方式让我留下它，我又怎么忍心将它赶出去呢？

第二天，在仓库里，我竟然看到它捕捉到了一只很大的老鼠。我想，它那弱小的身躯，在捕抓那个强壮的老鼠的时候，肯定费了很大的力气，它的皮毛被老鼠咬掉了好几撮，看上去有些疲惫不堪。它一边不停地舔舐着伤口，一边"喵喵"地向我叫着，似乎在向我炫耀着自己的本事。这种不自量力，我猜想它肯定不完全是在逞强，它一定是在报恩吧。它或许只是想为我做点儿什么。

大概是因为猫有九条命的缘故吧，猫的眼睛，总是比别的动物要深邃，仿佛藏着深不见底的秘密，又仿佛对一切都了然，智者般，洞若观火。

它最终还是与我不告而别了，或许是找到了以前的主人，或许是发生了什么意外，都不得而知。我只记得，它第一天来的那一晚，就睡在我的被窝里，脚底下，盘着一团瑟瑟发抖的暖，仿佛一个抽泣着的撒娇的小孩。

我暖着它，它又何尝不是在暖我。

很多年前，在粮库做工的时候，捡回来一只吃了老鼠药的奄奄一息的鸽子。它瑟瑟发抖，在我的怀里，用哀伤的眼神看我。我给它不停地灌水，或许是老鼠药被雨淋得失去了药效，它竟然奇迹般地被我救活了。

在我的屋檐上，它重新抖擞起精神来。我喜欢把粮食放在手掌上喂它，它轻轻地啄，似乎怕啄疼我，吃饱了，就飞到我的肩膀上，在我耳边咕咕地叫着。我听不懂它说什么，但我知道，那肯定是一些好听的话。纯白的鸽子，像一团雪，让我时不时地不免担心，它会被阳光融化掉。

它不但没有融化掉，而且还不时引回来一大群野鸽子，我的屋檐从来没有这般生机盎然过。

倒是我，被这一团团、一簇簇的暖给融化了。一颗心，再不愿去追名逐利，变得柔软，变得慵懒，只想安安静静地享受阳光，享受风。

妻子从垃圾箱里捡回来的一根鸭掌木，活了一个月之后，终于衰零。我感动于它临终前的这一次"回光返照"，它努力地让自己短时间内枝繁叶茂起来，这也是为了感恩吧，我愿意这样去揣测一棵树的心。

妻子刚把它拿回来的时候，就是一根光秃秃的棍儿，那一层老皮，仿佛皴裂的老人的手臂，我开玩笑说："这是谁家老头儿的拐杖吧！"

妻子却执意说它还有生命，"你看这树根儿，还有很多须子在呢，那证明它还活着。"

我仔细看过去，的确，很多细小的根须，如同不忍离别的触手，紧紧攀附着那生命的主体。

妻子细心地把它移植到一个大花盆里，精心照料，它竟然真的"起死回生"了！几乎是一天一个小巴掌，慢慢地，那干巴巴的树身上就有无数个小巴掌在鼓掌了，似乎在欢庆自己重新复苏的生命。

我想，万物都是有灵的吧。这棵老木，垂垂朽矣，可是竟然使劲儿地将自己抽巴巴的身体，再焕发出一次青春来。那是对我们善念的回报啊！

那颤巍巍地冒出来的几丝柔绿，仿佛一团瑟瑟发抖的暖。借着那微弱的一团暖意，多冷的冬天我都不再畏惧。

给痛苦一个流淌的出口

这些痛苦使躯体千疮百孔，却让灵魂得到了升华。

但丁在《神曲·第十三歌》中写道："哈比鸟以他的树叶为食料，给他痛苦，又给痛苦以一个出口……"受啄是痛苦的，却给了原有的痛苦一个流淌的出口——以皮肉之苦来释放内心的痛苦，痛苦之深可见一斑。

在危地马拉，有一种叫落沙婆的小鸟，要叫七天七夜才下一只蛋。由于鸟类没有接生婆，所以难产的落沙婆只有彻夜不停地痛苦地啼叫。可恰恰是因为这痛苦的七天，使蛋壳变得坚硬，小落沙婆孵出来之后也更硬实。这便是一个母亲经历七天痛苦所换来的一个孩子健康的明天，而那彻夜不停的哀啼，是落沙婆在用另外的方式释放着肉身的痛苦。

与这种叫落沙婆的小鸟相比，现在的妈妈们要幸福得多了。人类有接生婆，人类可以剖腹产，可以不经剧痛就听到孩子落地时的哭声。然而这没有痛苦的分娩难免会留下一些遗憾，它远没有那种在经历了撕心裂肺般痛苦之后听到的孩子的哭声更动人，远没有这个时候更能感觉到做母亲的骄傲，这个时候的眼泪是真正的"痛并快乐着"的眼泪。

我认识一个中年男子，魁梧黑壮得像个铁塔。他是一名音乐老师，在一所不甚知名的学校里，教小学生最基本的乐理知识，领着孩子们唱天真的童谣。在一间间教室里，他背着一架用了许多年的手风琴，像一只蜜蜂一样欢快地飞着。当童稚的歌声从那样一个大男人的胸中迸出，模样真有些滑稽。他的学生是那样真诚地爱着这个同他们一样真纯的老师，爱着他的快乐无忧。

直到有一天，学生们看到了让他们难以想象的情景：音乐老师领着一个比他自己还要高些的大男孩，在操场上吹着七彩的泡泡，那个大男孩有十七八岁的样子，可他咧嘴笑的时候，脸上写满了三四岁孩子的快乐，透着怪异、与众不同。

大男孩是音乐老师的儿子。他出生的时候，也是一个白胖粉嫩的可爱孩子，当他蹒跚学步的时候，音乐老师用音符为儿子的步履伴奏。可是孩子长到三四岁以后，身体发育日益强健，智力的脚步却停滞不前。几乎没有父母会平静地面对这种情况——孩子是一个先天性弱智儿童，他的智力水平永远只有三四岁。

本来英俊硬朗的音乐老师在得知这个结果的时候，一下子

251

被抽干了心头的水分。可他必须面对那个只能在三四岁的日子里快乐玩耍的儿子，在自己心中时时滴血的时候，作为父亲，他得让那个孩子像其他孩子一样快乐。

音乐老师为此付出了比别的父亲更多的辛劳，外人是无法得知的。但是，即使上了一天的课，累极了，也被不听话的学生气极了，只要音乐老师的脸望向自己的孩子，眼眸里一定会开满温情的花朵。

在那个弱智的孩子快乐成长的日子里，音乐老师也以快乐面对着这一切。有人说他曾号啕大哭过无数回，可他的笑脸总会与朝阳一起升起；学生们说音乐老师在领他们唱歌的时候，双眸会慢慢浸满莹莹的泪光，然后到走廊独自站一会儿，回来的时候，又会张开双臂，对着他的学生们热情地说："来吧，孩子们，让我们再唱一遍《欢乐颂》！"

音乐老师的内心是痛苦的，但是他找到了让痛苦流淌的出口，他像一棵每天都要挨一刀，每天都要缝合伤口的橡胶树，用爱不停地释放着自己内心的痛苦。

古希腊一位诗人说："我身上有无数个裂缝，到处在漏水。"这是关于悲剧的最有力的诠释。悲剧就是撕开伤口给人看，这些流经生命，又从生命中渗漏出去的水，可以酿酒，可以醉人，可以醒世，可以洗心。这些痛苦使躯体千疮百孔，却让灵魂得到了升华。

白天打扫，夜里祈祷

白天可以仰望云朵，夜里可以看到月亮，这就是最简单的幸福了。

祖母走后，所有的光亮都减了一半。

从此，我总是喜欢躲在黑暗里哭泣。白天，拉上厚厚的窗帘；夜里，关闭所有的灯。

坚强的父亲摩挲着我的头，让我不要太过悲伤。白天，他为我拉开窗帘，让阳光赶跑暗；夜里，他为我打开灯，让灯光吃掉黑。

"为奶奶祈祷吧。"父亲说，"用你的祷告为她铺一条平坦的通往天堂的路。"

"嗯！"我含泪应着。我知道，一直宠爱我的祖母，是不希望我居住在生活的背面的。

祖母是个勤快而干净的人，干净得似乎有了"洁癖"。她很少闲下来，一天之中，手里大部分时间都拿着扫把，扫地成了她乐此不疲的"娱乐"。她与灰尘势不两立，总是拿着一块抹布，东擦擦，西擦擦，把屋子里拾掇得窗明几净。小时候，看着祖母不停地做着家务，总是突发奇想：扫地的扫把会累吗？擦玻璃的抹布会疼吗？小孩子的心思就是怪，不心疼祖母，却心疼一只扫把，一块抹布，甚至天上的一朵云。"奶奶，我把那朵云摘下来，给你当抹布好不好。"那是孩提时自以为是的笑话，说完便"咯咯咯"地笑个不停。祖母却不笑，她说："要把它留在天上，不然天空该脏了。"

祖母的命运，就像一只无底的杯子，从来没有填满过一次。

在那个年代，祖母被冠以"扫把星"的名号，"扫把星"都是"克夫"的，嫁给祖父之前，她已经接连"克死"了两任丈夫，且都没来得及留下后代。而祖父也没能逃脱被她"克死"的命运，婚后便被征兵去了前线，最后死在了战场。所幸，祖母给爷爷留下了唯一的后人，也就是我的父亲。

打那之后，祖母也开始怀疑自己的命运。的确，自己就像对扫把"情有独钟"一样，每天都会不自觉地拿起放下，放下拿起，难不成自己真的是"扫把星"吗？她似乎认了自己"克夫"的命，再没有改嫁，一心养育我的父亲。她靠给别人洗衣服、糊纸盒维持生计，甚至去捡垃圾、当乞丐，直到把父亲养大成人。父亲一寸寸地长起来，祖母便一寸寸地矮下去，直到生命的消亡。

父亲说，日子再苦，他看到自己母亲的脸上，也总是闪着愉快的光。

祖母的苦，就像她衣服上的补丁，一块接着一块。可是祖母衣服上的补丁，却并不难看，相反，让人喜爱。那是我最早佩服祖母的地方，因为她能将补丁缝补得如艺术品一般，让衣服上的一个个漏洞转眼间变成了一朵朵莲。我想，她对待衣服上的"洞"，一如对待自己的伤口吧，那些揪住她不放的苦，咬着她，让她千疮百孔，可是她懂得用一个个坚强的笑脸去缝补它们。

祖母一生都在不停地打扫，我想，那是她在努力打扫时光里的苦楚，擦拭命运里的阴霾吧，使一个个日子变得明亮而欢快。

祖母走的时候，背驼得几乎快挨着地面了，她在无限接近大地。这个不肯在命运面前跪下的人啊，一个躲闪不及就埋入了荒丘。

在祖母的墓前，我们放了一只扫把。我们每次来，都会把她的墓地打扫得干干净净，我们知道，祖母的一生，与灰尘为敌。因为她是一个扫把，是地面的云。

而云，是天空的扫把。

祖母走后，母亲辞职回家，接替了祖母的活计。母亲打心眼里一直看不惯祖母的"洁癖"，可是现如今，她的身上却越来越多地有了祖母的影子。只是住进了楼里，很少再用扫把了，经常映入我眼帘的影像是，母亲如一个奴仆，跪在地板上，擦拭着一地的碎语流光。

母亲继承了祖母的干净利落，使得家里的物什总是闪着亮晶晶的光。我知道，那光里，亦有祖母的灵魂。这两个伟大的女人，正在将干净温暖的日子一脉相传。

如果有人好奇地问我，你为何如此快乐，你过着怎样的生活？我想我会怀着幸福的心告诉他：白天打扫，夜里祈祷。

白天可以仰望云朵，夜里可以看到月亮，这就是最简单的幸福了。

云的使命，是让天空变得干净。月亮的使命，是让人间变得柔软。不停打扫着天空的云，常常会滴下疲惫的汗水来。惨白的月亮也见证着自己的劳苦。现在你该知道，让那些有着暗影的心一寸寸变白，让那些僵硬的心一寸寸变软，是一件多么艰辛的事。

"白天打扫，夜里祈祷，那岂不是修女一般的生活？"好奇的人不置可否。

我说是的，这修女一样的生活，看似枯燥无味，却在使这个世界变得洁白、纯净。白天因打扫而干净，夜晚因祈祷而温暖。

现在，想念祖母的时候，我就会抬头望天，看那一朵朵云。

祖母在天上，肯定改不了爱干净的癖性，她肯定变成了一朵云，去做名副其实的"扫把星"了吧，她在天上忙着打扫，让天空一尘不染，甚至不留下鸟儿飞过的痕迹。

的确，祖母有必要留在天上，不然，天空该脏了。

父亲的格言

喽了被阳光晒过的茶，感觉心里就有了阳光的味道。

父亲一直教育我们做人要光明磊落，不要在别人背后指指点点。上中学的时候，我和班里的一个同学竞争班长的职务，为了拉拢同学给我投票，我把一些同学请到家里，并说了我的竞争对手很多坏话，被父亲听到了，他当时说了一句话："当你用食指在别人背后指指点点时，你是否注意到你的三个手指正指着自己，以三倍的力量在还击自己！"

父亲喝茶有个习惯，总是先把茶放到阳光下，让阳光慢慢渗入。他不懂茶道，但这道程序他却从不省略。父亲在上班前经常叮嘱母亲的话就是："把我的茶叶放到阳光下晒晒。"晚上，父亲就会泡着那些被阳光晒过的茶，读书，写点感悟人生的字句。对于这个特别嗜好，父亲的解释是："喽了被阳光晒过的茶，感觉心里就有了阳光的味道。"

曾经随父亲去参加过一个远房亲人的葬礼，所有人都对死者的家属说一些"节哀顺变"之类的安慰话，父亲却拍着逐渐壮实起来的后生说："你要快点成长，早日扛起家里的重担。大树倒了，就是给你们这些小树腾地方。"

　　下雪的时候，我用套子套住了一只鸟。我把它握在手中，如获至宝。父亲看到了，跟我打赌说他会让这黑色的鸟变成彩色的。我不信，就松开了双手。我看到，那只鸟在天空自由飞翔的时候，因为镶上了阳光的色彩而变得斑斓。父亲说："再美丽的鸟，失去了自由，被我们握在手里的时候，都变成黑色的了。"

　　小时候有一次给家里买酱油，店家在找零钱的时候多找了一角钱。在当时，一角钱对一个孩子的诱惑还是很大的，它可以换来一大堆花花绿绿的糖果。店家找回来的一角钱是5个2分的硬币，我不想把这个"意外之财"交给父亲，就把它们藏到了自己的鞋垫里。柔软的鞋垫里突然有这么几个硬币在里面，很不舒服。时间久了，脚被硌破了，走起路来一瘸一拐。父亲知道后，并没有训斥我，只是帮我取出那几个硬币，送还给了店家。父亲对我说："不要为了几枚硬币而硌坏了自己的脚，那样自己走出的路会歪歪扭扭。"

　　在我临近高考的那段时间里，父亲下岗了，在出苦力干活时被重物砸断了腿，对于我们来说，父亲的倒下就像天塌了一样，可是父亲依旧快乐着，在给自己削拐杖的时候还哼着歌，丝毫没有被命运击败的迹象。

面对母亲的愁眉苦脸，父亲开导她说："这腿没几天就好了，现在我可以利用这几天好好养身子，身子棒实了，就是本钱哪，到时我再把钱给你翻倍地挣回来。"

母亲对父亲的贫嘴没办法，只好由着他在那里哼着并不好听的歌。

父亲本来就是一副书生的骨架，再加上受了伤，再不能干重活了。他就买了一头毛驴，拴上一个简易的车棚，穿梭于大街小巷，收一些居民家中的废弃物品。路过垃圾堆时顺便捡点破烂卖钱。父亲的吆喝很有特点，他会编一些诸如"酒瓶子，易拉罐，搁在家里是破烂，给我就能把钱换……"之类的顺口溜，不时牵惹出居民的欢笑。

父亲早出晚归，每个黄昏，我看到的都是他一瘸一拐沉重而疲惫的身影，可是他看到我时又总会在脸上绽放一堆灿烂的笑。父亲就是这样，不论生活如何困顿，他总能找到自己快乐的逻辑：穷人吃豆腐和富人吃海鲜一样香；穷人穿棉袄和富人穿貂皮一样暖和；富人花大钱，穷人花小钱，都是一样的活着。

父亲一边擦拭着脸上的汗水，一边摩挲着我们的头，很"男人"地说："放心吧孩子们，老天不会让我们总是待在冬天里！"

一根拐杖

每个人都需要一根善的拐杖，使自己的灵魂不至于在风雨飘摇的尘世摇摇晃晃。

14岁那年，我正在上初中，父亲在工地不小心摔断了右腿。医生说至少得休养一年半载才能好，这可愁坏了父亲，全家人都指望着他挣钱呢。

父亲是个待不住的人，刚刚休养了半个月，就让母亲给他弄了一副拐杖。他说家里太闷，要出去溜达溜达。让我们想不到的是，就是这样靠拐杖支撑着走路的父亲，晚上回来的时候，照样神奇地给我们挣回了钱，尽管只有十几元。原来，父亲在步行街那里，找了一份发广告单的活儿。想着父亲右腿上绑着厚厚的石膏，拄着拐杖，在那里一站就是一天，我的心里，仿佛飞进去一只凶恶的马蜂，不停地扎着我。

我说："爸，我不想念书了，让我替你吧。"

父亲却狠狠训斥了我："没出息的孩子才去发广告单，你只管给我好好读书！"

父亲是纸老虎，虽说偶尔也发发威，但我一点也不怕他，他太瘦小了，体重只有九十多斤。刚刚14岁的我，不论个头和体重，都已经超过他了。

我不怕他，可是心疼他。

周末的时候，我要替他去发广告单，他不允，让我在家复习功课。我却偷偷地跟着。

那天很热，我看到父亲脸上的汗水肆意流淌，可是两只胳膊要架着拐杖，手里还拿着厚厚的一摞广告单，没办法去擦。我想过去帮父亲擦擦汗，又担心他责骂我，只好在那里暗自替父亲难受着。

就在这个时候，发生了令我终生难忘的一幕。

一个上了年纪的老人，摇摇晃晃走过父亲的身边，忽然就晕倒在地上。呼啦啦地围上来一帮人，却没有一个去扶的。我听见有人小声议论，说前几天有个年轻人救了一个老人，却被老人讹上了，最后那个年轻人在医院花了近千元的冤枉钱，真是叫人寒心。这大概就是一大帮人没有一个肯施以援手的原因吧。

这是一群麻木的人，我从人群中那一张张脸望过去，每一张都写着冷漠。不，有一张脸是个例外，如同万千枯藤上唯一鲜活的一片叶子，上面写着焦急。我看得真切，那是父亲的脸！粗糙的布满皱纹的脸，此刻却光滑得如一面镜子，映照了人的良心。

父亲拄着拐杖，费力地拨开人群，蹲下来，为老人掐人中穴，原来老人中暑了。老人醒过来，向父亲道谢，颤颤巍巍地站起来，像一盏在风中摇曳的蜡烛，随时都有可能被吹灭的危险。父亲递给老人一根拐杖，"拄着点儿走吧，能稳当些。"

"谢谢，那你怎么办？"

"没啥，我这不是还有一根吗，我只是断了一条腿，一根拐杖足够了。"

瘦小的父亲渐渐高大起来，早上我明明刚和他比过个头儿的，可是现在却觉得自己比父亲矮了不少。

人群出奇地安静，不知道这些围观的人此刻心里在想些什么，大概是被父亲的举动惊到了吧。

没了拐杖，我本以为父亲会摔倒，可是父亲没有，虽然在那里有点儿摇晃，但却像一棵树，只是摇晃而已，不会倒下。因为他的脚下有根，很深很深的根。

人群并没有散去，开始有人伸出手来，一双，两双，十双……枯藤开始发出了新芽儿！我们太习惯"事不关己，高高挂起"了，各扫门前雪，整天一副麻木不仁的模样，灾难来临时的呆若木鸡，邪恶当道时的熟视无睹，都会令你的灵魂左右飘忽，摇摇欲坠。

　　父亲让我懂得，每个人都需要一根善的拐杖，使自己的灵魂不至于在风雨飘摇的尘世摇摇晃晃。

　　一根善的拐杖，可以让你的人生站得稳当一些。

图书在版编目（CIP）数据

优人一等的心 / 朱成玉著 .—北京：作家出版社，2017.11

ISBN 978-7-5063-9537-3

Ⅰ.①优…　Ⅱ.①朱…　Ⅲ.①散文集－中国－当代

Ⅳ.① I267

中国版本图书馆 CIP 数据核字（2017）第 152519 号

优人一等的心

作　　　者：朱成玉

责任编辑：省登宇

选题策划：黄　兴

助理编辑：张文剑

装帧设计：四　夕

封面绘图：小　乔

出版发行：作家出版社

社　　　址：北京农展馆南里 10 号　　　邮　　编：100125

电话传真：86-10-65930756（出版发行部）

　　　　　　86-10-65004079（总编室）

　　　　　　86-10-65015116（邮购部）

E-mail:zuojia @ zuojia.net.cn

http://www.haozuojia.com（作家在线）

印　　　刷：三河市北燕印装有限公司

成品尺寸：142×210

字　　　数：180 千

印　　　张：8.5

版　　　次：2017 年 11 月第 1 版

印　　　次：2017 年 11 月第 1 次印刷

ISBN 978-7-5063-9537-3

定　　　价：29.00 元